书简阅中国

《书简阅中国》
节目组 编

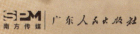

SPM 南方传媒 | 广东人民出版社

· 广州 ·

目录

以书简为引，让今人与古人『接头』

中国古代史书典籍，可谓汗牛充栋、浩如烟海，历代的记录者为我们今天留下了世界上最为浩瀚的史料，足以令人自豪。

这些珍贵的史料，让我们能够了解历史上的重大事件，能窥见古代帝王将相、达官显贵、豪杰名士的身影和故事，也有难以弥补的缺憾——普通人的历史被遗忘了。

从司马迁的《史记》开始，古代官修正史的体例，以编年、国别、纪传体等为主。在这些体例中，以人物为纲的，只有纪传体。但遗憾的是，太史公笔下的人物，无论是帝王、贵族的本纪、世家，还是书写精英人物的列传、表，均由于时代的局限性，无法把普罗大众的故事纳入其中。

能够放进来的，是那些地方志以及被称为"野史"的各种杂史、笔记、小说等。但遗憾仍然存在：官修地方志极少提及普通百姓，即便提及，往往也是只言片语，匆匆带过。而笔记、小说等，其真实性、准确性难以考察。

于是，书信成为我们试图走近古人，了解其所思、所想、所为的第一手资料。

"烽火连三月，家书抵万金"，至少在 2000 多年前，中国这片大地上的人们就已经开始了通信的历史——

1975 年，湖北省云梦县出土了轰动世界的"睡虎地秦墓竹简"，其中 4 号墓葬中两块写满文字的木牍，引起了考古人员的极大兴趣。

通过木牍上的文字，人们得知墓主人是战国晚期两位秦国士兵的兄长，而写满文字的木牍，竟是弟弟们的来信。

这是中国历史上已知最早的实物家信，是来自秦国士兵黑夫和惊兄弟二人的家书。

【黑夫家书距今约 2200 年】

自以布此……

布贵，徒（以）钱来，黑夫

必为之，令与钱偕来。其丝

布贱，可以为禅裙襦者，母

书节（即）到，母操夏衣来。今

遗黑夫钱，母视安陆丝

今复会矣。黑夫寄益就书曰：

毋羞也。前日黑夫与惊别，

问衷，母毋羞也？黑夫、惊

二月辛巳，黑夫、惊敢再拜

恍然间，两个栩栩如生的秦国士兵触手可及：通过书简上的文字，他们距离我们如此之近，他们的声音穿越千年、仿佛就在耳边，他们的牵挂与我们无异……他们的面目不再如秦始皇陵中那些冰冷的陶俑，而变得如此鲜活、生动。

由此，岁月不再遥远，古人不再陌生，历史有了质感和温度。

这就是书信带给我们的震撼。

中国历史上的书信不胜枚举，它们以多种形式呈现着：从司马迁的《报任安书》，到汉高祖刘邦的《手敕太子文》、诸葛亮的《诫子书》、到欧阳修的《与十二侄》、文天祥的《狱中家书》…… 它们道出了作者们的生活故事、至深亲情，道出了远行游子对家人的依依眷恋，道出了对国家、对社会的忧思和寄托……它们集文学、史学、美学、书法等元素为一体，承载着厚重的历史和文化信息，早已成为我们民族集体记忆的重要部分。

于是，就有了策划《书简阅中国》的灵感和冲动。

《书简阅中国》分别从小人物、爱情、友情、人生经验、家风、家国六个主题，通过一封封书信，窥见了古人的喜怒哀乐、悲欢离合。这些书信里，既包含着修身、齐家、教化、友谊等中国传统伦理的精华，也包含着锐意探索、追求正义、保家卫国等民族文化中闪耀的光辉。

通过《书简阅中国》，我们将会认识那个叫黑夫的秦军士兵，能听到行走在丝绸之路上一个异域女子的心声，更能听到文天祥那振聋发聩的"人生自古谁无死，留取丹心照汗青"……我们也希望通过此书，讲述那些普通人的历史和故事，让那些被宏大历史叙事淡忘，抑或是只被寥寥记上几笔的人们，拂去身上厚厚的尘沙，重新鲜活地站在我们面前。

因为，他们才是曾经历史的大多数。

每封书信，
都是历史
赠予你我的
『小盲盒』

从前的从前，

车马很慢，

道路很远。

信上的人，

也是心上的人。

在这个时代，纸质书信的消失，似乎不可避免。

手机、微信、朋友圈，电子通信超快超便捷，我们甚至可以通过网络共享同一秒钟的喜悦。

可曾经那个手写的时代，有完全不同的情感体验。从落笔的那天起，就意味着等待的开始。

我偶尔会怀念那个渐行渐远的时代，那时候人和人的距离虽然很遥远，但只字片言却可以让心那么近。书信，就是有这种神奇的力量。对"中国书信文化"的偏爱，和对"古早人情味儿"的执念，最终催生出了《书简阅中国》这部纪录片。

米薇的信，是我们"挖掘"出的第一封信。看到这封信的感受很奇妙，就仿佛一下子触碰到了《书简阅中国》的灵魂。1700 年前，一位粟特女子米薇在写给丈夫的信中，留下了"宁嫁猪和狗，不做你的妻"这样的语句，让我们无法抑制自己的好奇心。米薇为什么这么愤怒？她遭遇了什么？她的丈夫最后收到这封信了吗？在各种疑问的驱使下，我们细致地寻找了这封信的"前世今生"。

粟特古信札第三号信
米薇的信原件

1907 年，英国人斯坦因在敦煌一座汉代烽燧遗址中，发现了一组用丝质细绳精心捆在一起的古信札，其中包含了八封信件。这八封信中，大多都是商业往来信件，唯独米薇写下的两封信，与商业无关。一封（粟特古信札①号信）写给家乡的母亲，另一封（粟特古信札③号信）写给那个不知踪迹的丈夫。从信中可知，丈夫那奈德带着米薇和女儿莎恩到敦煌做生意。不知什么原因，他将妻女留在敦煌，自己去往楼兰。这一走就是三年，米薇母女用尽了盘缠，只能写信求援。

汉代烽燧遗址
斯坦因 拍摄

这八封信最终遗失在路途中，没能送到收信人手上，但也因此成了今天研究粟特人的珍贵资料。有很长一段时间，粟特人的形象，只是史书中的断章残片。通过这些古信札，让他们的故事细节浮出水面。

信中提及的米薇、那奈德、莎恩、法克汉德等等人，都是漫漫历史长河中再小不过的人物，书信是他们曾存于世的唯一证明。在大历史的记载上，往往会忽略这些小人物的故事。但书写历史的，从来不只帝王和英雄，更多的是那些像你我一样的普通人。我们更加深刻地意识到，书信上记录的一切，承载的情绪，就是中国历史的时光碎片。而这些碎片，与历朝历代官家修出的史书相比，则更加私密，也更有温度。

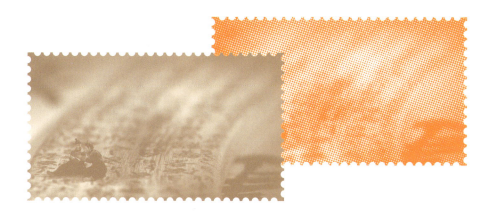

循着这样的思路，我们找到了黑夫和惊、宣和幼孙、赵义深，还有那位不知道姓名的二娘子。他们的书信，都是尘封千年，最终重现人间。他们用书信传递思念，他们也有和我们一样的喜怒哀乐、悲欢离合，他们的情感纯粹而质朴，他们的文字亲切而动人。这就是第一集《小人物，大历史》的由来，也是《书简阅中国》的开始。接下来，爱情篇、友情篇、人生智慧篇、家风篇和家国篇。探索的过程虽然繁琐，但又充满惊喜。原来那个熟悉的历史人物，还有这么不为人知的一面！原来我们自以为很了解的历史名人，其实我们还不够懂他！

翻开一封封古人的书信，就像打开一个个盲盒。

我们永远不知道，会在字里行间的哪个角落，听见怎样的心情，碰上怎样的故事，撞到怎样的"信上人"。总之，这些书信，这些另一种形式的"小历史"，给了我很多惊喜和感动。

在视觉制作的过程中，我们一直在研究，怎么能让书信更生动一点，更活泼一点呢？

于是，就有了信上的世界和三只可爱的动物。团队用 CG 特效折出了信纸版的驿马、锦鲤和鸿雁，这些动物在中国古代诗歌中多次被提及，代言书信的传递和思念的传递。因此，片头中一路前行的马、鱼、雁，寓意书信跨越千山万水传递着思念。同时每封信的开篇，团队设计了"信上人"的表达方式。一是希望用这种呈现方式让古老的文字立体一些、趣味一些，二是这种方式也恰恰贴合了"信上人"即是"心上人"的概念。

三十封书信，三十个十分钟的小故事，三十道来自历史深处的独白。在声音的制作过程中，我们寻找了很久，才为这三十封信找到了他们的声音扮演者。三十多位配音老师，给古老的文字赋予了质感和深情，让我们得以在千百年后，再次感受到那穿越时空的温度。

听我说到这里，电视机前的你我他，或许因为疫情没能回家过年的你，有没有一种冲动，想要拿起久违的笔杆，为家人写下一封信呢？

辛丑牛年，有《书简阅中国》陪你过年，是我们的荣幸。愿这个打动了我们的盲盒，能够赠你一分惊喜，一分感慨。

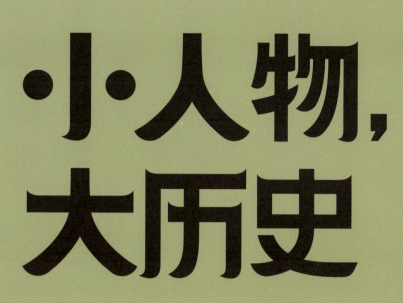

小·人物，大历史

他们是普通人，

无碑无传，

是大千世界真正的小人物。

小人物的文字，

却在冥冥之中成为自己的传奇、

历史的注解。

今天，

我们循着这些古老书简里的线索，

去触摸生活真切的纹理。

谁又能说，

这些和你我一样的小人物，

不是在书写历史呢？

出门打仗缺钱咋办？急，在线等！

这是一片木牍，有故事的木牍。

更确切地说，是中国现存最早的家书。

风驰云卷，千年一瞬，简单的家书，埋藏着怎样的故事？

仅仅不到二百个字，却可以解锁两千多年前的秦军传奇。

黑夫、惊

黑夫与惊，写给大哥衷（黑夫执笔）：

二月辛巳，黑夫、惊敢再拜问衷，母毋恙也？黑夫、惊毋恙也。前日黑夫与惊别，

今复会矣。

黑夫寄益就书曰：遗黑夫钱，母操夏衣来。今书节（即）到，母视安陆丝布贱，

可以为襌裙襦者，母必为之，令与钱偕来。

黑夫等直佐淮阳，攻反城久，伤未可智（知）也，愿母遗黑夫用勿少。

书到皆为报，报必言相家爵来未来，告黑夫其未来状。闻王得苟得……毋恙也？

书衣之南军毋……不也？为黑夫、惊多问姑姊、康乐孝须（嬃）故尤长姑外内（？）

辞相家爵不也？

惊多问新负（妇）、妴（婉）得毋恙也？新负勉力视瞻丈人，毋与……勉力也。

出自 1975 年湖北省云梦县睡虎地秦墓中出土木牍

信中有真意

二月辛巳日，黑夫和惊问大哥好。母亲身体好吗？我们俩，还活着呢！前些日子，因为作战我们被分开，现下又碰面了。

黑夫这回写信，还是要劳家里再寄点儿钱来，劳母亲再制几件夏衣来。

收到信后，请母亲留意，咱们安陆丝布的价格，如若负担得起，定要给我们多做几件衣服，连同钱一起送来。

我们还在攻打淮阳，天知道这场战争还要打多久。这边一切都难以预料，劳母亲多寄些钱来啊。

收到信一定马上回复我，官府到底有没有把咱们家的授爵文书送到，万一没有，也跟我说一声啊。大王说过，军中立功的文件绝不会迟误。

官吏送立功文书到家的时候，别忘了说声"谢谢"。

信和衣服寄到大营，地址不要弄错啊。代我们问候姑姑、姐姐，特别是问大姑姑好。

惊最惦记的，还是他媳妇和婴儿，新妇要孝敬母亲，不要惹老人家生气啊。

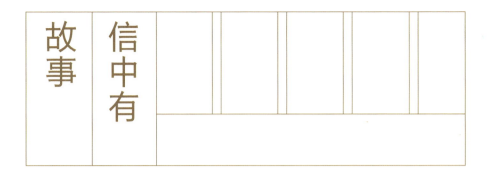

信中有

故事

秦是强大的国家，秦军是令六国胆寒的铁甲雄师，这历史书上的泛泛表述，无法让我们感知鲜活的秦朝。大气磅礴的兵马俑静默伫立，每一位秦兵的表情都不同，他们到底想说些什么呢？今天，这一封家书说出了一切。

1975 年冬天，考古学者在湖北省云梦县睡虎地发现了这块木牍。墓葬的主人叫"衷"，据推测是秦国的一个小吏。

出土的木牍文字很短，写于战国晚期，却是中国最早的实物家书。一位来自秦朝的兵士，叫黑夫，黑夫代表二哥惊和自己，他写了这封信给大哥衷。

他牵挂远在家乡的老母亲，问候她康健，更怕她担心，简单的一句"我们还活着呢"，虽然他与哥哥曾经一度分散，但他们还在，这就好。

血雨腥风的年代，"平安"两个字重若千金。

黑夫这一次写信，是想让母亲寄些钱和衣物。为什么他向家里要钱和衣物呢？难道秦国军队都不发军饷和军服吗？

秦军出战是有统一的军粮供应的，秦兵是能够吃上饭的，但他们日常所用的钱则需要自己准备。一旦战争变得不可预料地艰难和漫长，兵士的用度自然会变大，手头拮据，只能捎信回家请求寄钱。

他们的军服又是怎么得来的呢？秦始皇兵马俑中，有数千士卒，他们身着统一的铠甲和鞋履，从剪裁到缝制，相当规范。很明显，这些服装出自专门的兵工厂。

在云梦睡虎地，考古人员发掘了另一座墓葬，墓葬的主人叫"喜"。喜是一名基层官吏，他的陪葬品中有很多秦国的法律文书。秦法严苛，条文很周密。这些法律文书提供了线索。

当时，士兵作战的铠甲是统一发放的，紧贴着铠甲的外衣，也由官府统一定制。

但是，外衣里的内衣呢？《诗经·秦风》中有"岂曰无衣，与子同泽"的名句，春秋战国时期，泽的意思就是内衣。

秦国的律法规定，内衣由士兵自备。

夏天快到了，天气越来越热，战场上的黑夫需要轻薄的内衣。

信中，黑夫需要的是夏衣，可是他又担心衣服的布料太贵了，如果家乡的安陆丝便宜，可以制成夏衣，就烦劳母亲多制些夏衣，将衣物和钱一起寄来。要是价格较高，就将钱寄给他们，他们自己在当地置办衣服。

从信里来看，黑夫和惊都是南郡安陆县人，安陆县是秦昭襄王二十九年，即前279年，武安君白起为攻占楚国郢都，在秦楚边境新设立的一个县。黑夫和惊要对敌上战场，生活的贫穷磨难让他们懂得节俭，更有男人对家庭的担当。

缺钱少衣，节省开支，他们要征战，更要求生！秦国的百姓平时种地，战

时为兵，三丁抽二，黑夫兄弟三人，留下一位照顾家人，其余两兄弟全部奔赴战场。他们所耕种的土地，都需要他们用军功去换取。

只有打了胜仗，有了军功，才能有新的希望。上阵的时候，秦兵非常卖力，在刀山血海中拼命，这是为了秦国，也是为了改变家庭的命运！

可是，黑夫兄弟面对的是一场无比激烈残酷的战争！

信中提到正在攻打淮阳，淮阳在哪里？

公元前 223 年，秦国一路势如破竹，韩赵魏三国消亡之后，只余下两个诸侯国，楚国是其中之一。秦国派出年轻的将军李信，带领二十万秦军攻楚，大破楚军，攻占了楚国旧都鄢、郢，与蒙恬相会于城父。令人震惊的是，秦军马上遭遇了重大的挫折，被名将项燕率领的楚军打败了，几乎全军覆没。

嬴政无奈，只能将统一的大业寄托在老将王翦身上。王翦向嬴政提出要求，他需要六十万军队。这几乎是秦国能够征发的所有士卒的总数。

对于嬴政来说，这是一场输不起的战争。从商鞅变法以来，酝酿了一百多年的统一理想，到他这一代必须实现。

淮阳是战国晚期楚国的都城，黑夫和哥哥惊，正是王翦率领的六十万秦军中两名普通的士兵，他们在激烈战斗之中，写下了紧急家书。

黑夫希望家里人多寄些钱来，他和哥哥惊无法预料这场战争要打多久，也不知道战争会复杂到怎样的程度。也许他们刚参战的时候，穿的是比较厚的衣服，没想到这场战争持续到了夏天，所以着急向家里要钱和夏衣。

秦朝战事频繁，士兵们的生活相当艰难。朝廷也没有专门为全体士兵传送信件的机构，这封家书很可能要由乡人捎去家乡，再由乡人将衣物等带来，往返时日漫长，黑夫只能忍受这缺衣少食的日子，不知道这场战争什么时候能结束。士兵们在呐喊，可他们不能后退，只能向前攻打！

六十万位血性男儿，背后是无数秦国的百姓的命运，只能成功，不能失败。走上从军之路，注定要为尊严和荣誉而战。

在秦国，改变社会地位最重要的通道是立下军功。军功大小，以斩杀敌人的首级数量而定。秦法明文规定，凡有军功者，可以得到相应的爵位、田地和俸禄，死后爵位可以世袭。

黑夫一再确认授爵文书有没有到家，说明他们已经立下战功。"将军白发征夫泪"，只有快些将战争结束，才能真正过上好日子。两兄弟的理想很单纯，在战场上奋勇杀敌，获取爵位，从而换来全家人更好的生活。

"大王说过，军中立功的文件绝不会迟误。官吏送立功文书到家的时候，别忘了说声'谢谢'"。纵然生活苦痛，但是作为秦兵，他们相信秦王的承诺，有着荣誉感和使命感，也坚信一切都会好起来的。

秦国定制，法绳天下，立下的制度为万世之法，其中也包含对阶层提升的规定。秦国从最低级的公士到最高的彻侯，不同等级对应不同的社会地位。秦制很残酷，优胜劣汰，但是相较于六国还在坚持的世卿世禄，还是比较公平的。

秦自商鞅变法之后，施行二十等爵制，秦国法律是这样激励从军杀敌的："能得甲首一者，赏爵一级，益田一顷，益宅九亩，除庶子一人，乃得入兵官之吏"，意思就是只要能在战场上取得敌人军官的首级，就可以获得爵位和财产。有了爵位以后，能得到可世袭的田地。这不仅能改善士兵所在的家庭的经济状况，还能提升其家族的社会地位。

秦始皇言出必行，不朝令夕改，设置了专门的机构来考核实施，也就是说衷的低级官职应该就是因黑夫和惊二人在战场上杀敌授爵而来，而他要为弟弟们上战场提供钱财、衣物等。哪怕是奴隶，在秦朝都可以成为兵士，有机会在战场上立功，改变自己和家族的命运。秦朝役使百姓是酷烈的，可是像黑夫和惊这样的普通百姓，以军功起家，是他们向上走的最好路径，这些制度也让秦军成为威震四海的虎狼之师。

秦国也有细致严格的处罚法律，如果士兵临阵脱逃、冒领军粮等都会受到严厉的惩罚。秦国士兵为了自己和家人的安危，必须小心谨慎，英勇杀敌，团结一心，于是形成了令行禁止、军纪严明的强大军队。

2000多年前的大秦只给我们留下一个模糊的背影，但这一封家书却饱含着绵长的情意，让民俗、法案、差役、经济的样貌纷纷展现出来，让我们感受到秦朝百姓真正的生活。

黑夫还代哥哥惊叮嘱了几句。惊最惦记的是他媳妇和婴儿，他叮嘱新妇要孝敬母亲，不要惹老人家生气。他的殷殷嘱咐，不是硬性的礼教，而是质朴语言里的亲情呵护，温存感人。

黑夫和惊想念家人，更希望母亲安康。如秦地的民风粗犷大气，蕴藏着脉脉思乡之情一般，秦朝的兵士既有英雄血战的傲骨，也有着深深的家乡眷恋。

今天的兵马俑沉默无语，秦国军人的音容笑貌在时间的光影里流逝，但是他们的付出和牺牲不是为了一朝一帝，而是以不屈之战斗传递着千古昂扬的精神！

秦统一天下的宏图大业背后，是无数沙石般渺小的秦国士兵的血泪付出，也是千千万万的黔首百姓的旷世成就。

黑夫和惊的家书记载下这一场场生死战斗中交错复杂的情感。这封信用的是秦隶，书法简美精练、而普通的士兵可能写不出来，也许是文士代笔。民间私人信件多为驿人或乡邻代传。这要经过多少坎坷风雨，才能够将这样的一封信送出去？再经历二千二百年之久，有幸与你我相识，这岂非有情的奇迹？

普通的百姓没有豪言壮语，但他们用全部的生命筑成了真正的长城，帝王将相留在历史上的足迹，也有着舍身报国的普通士兵打下的根基。

他们贫穷，但并不卑贱，朴素的语言，镌写着无数悲凉却动人的文化烙印。"秦世不文"，秦朝纵然缺少文献，也没能达到汉唐那般的文学成就，但一位普通秦兵的家书却闪现着中国人骨子里的长情与温润。

惊应该是结婚不久就上了战场。衷的坟墓里，珍藏着另一片木牍，正是惊写给哥哥的信。

寄件人：

惊

惊写给衷：

惊敢大心问衷，母得毋恙也？家室外内同……以衷，母力毋恙也？

惊多问新负（妇）、妴皆得毋恙也？新负勉力视瞻两老……

惊远家故，衷教诏妴，令毋敢远就若取新（薪）……

为惊祠祀，若大发（废）毁，以惊居反城中故。

节选自 1975 年湖北省云梦县睡虎地秦墓中出土木牍

惊问候大哥，母亲大人的身体好吗？家里和睦相处全靠大哥操劳了。

惊很惦记媳妇和婴儿，她们都好吗？ 媳妇要照顾好二老，我离家太远，婴儿只能拜托大哥教导，告诉她打柴时，不要去太远的地方，一定让她注意安全……

你们在祭拜神灵时，如果得到下下签，不要惊慌，只是因为我身在叛城而已。

睡虎地考古现场
湖北省云梦县

根据家书的内容判断，惊的信比黑夫的信晚了半年。那时，淮阳已经攻下，他们住在淮阳城里。

惊实在撑不下去了，因为借的钱已经花光了。他写信，希望家人能够尽快再寄些钱给他。他也惦记着新婚的妻子和幼小的孩子。战争太残酷了，惊听说新占领的城池中的百姓都已经逃走了，乱民们并不遵守秦国律法，官府说的话，他们也不听。如今的城内，盗贼横行，他千叮万嘱，告诉兄长不要让孩子乱跑到那些混乱的地方去。

他更猜想到家人会为他们祭拜神明，求签祷告。他怕家人求到下下签，为他担忧，就安慰家人，得了下下签，是因为他还在叛城。

他在叛城，难道就没有危险了吗？但至少比攻城时要好一些。可以想见在战争中，他的家人担惊受怕已经达到了怎样的地步。惊想得很多，就算是破城，秦军得胜，但战争仍旧不会完结，因为六国后人不会让秦军安稳守城。这是连惊这一位小小士兵都知道的道理。他明白信里报的是平安，其实这就是精神上的安慰，可这已经是他能给予家人的极限了。

这封信寄出的时间较晚，可能因为天气已经转热，惊对夏衣的需求也更为急切。他告诉母亲，他和黑夫居住在一起，一切都还好。钱和衣服的事情，希望母亲能寄来五六百钱，要二丈五尺好布。惊在信中焦急地催促，再不寄钱过来，小命不保，急急急。

战争虽然结束了，但他们已经支撑不下去了，没有钱和衣服就意味着不是战死，也是饿死，可见这一次秦国军队倾巢而出，可军队的补给并不及时。

更可怕的是，如果秦兵没有得到军功，就不能得到朝廷的授田，而且家里的成年男子大多都出来打仗了，就算是得到了授田，不好好耕作，也会从农户的等级变成奴隶。

"楚虽三户，亡秦必楚"，即使攻下了淮阳，楚人不会甘心给秦军提供补给的。惊在信中也说了，战争带来的混乱，不会因为一时得胜而立即安稳。他们只能向远在安陆的老母亲求助。细想之下，民间的疾苦，战争之酷烈，是何等令人寒心！

在战场上，他们是铁血勇士，身穿重甲，昂起头，拿着武器，肉搏血战，对抗敌人。而在家书中，他们是普通的百姓，有惊惧、有担忧，更有无尽的温情。

然而，从此之后，关于两兄弟的消息，就再也没有了。

多么希望惊能够与新媳妇和孩儿在田垄间种地过上快乐的日子；黑夫回到家乡，帮着母亲，牵牛走过田间地头，享受着平静，让阳光将他那略黑的皮肤晒成更加可爱的色彩。

可是，现实是残酷的。在衷的坟墓里，人们发现了这两封家书。古时候，中国人相信灵魂不灭。因此，将死之际，人往往带着最珍贵的东西上路。可以

想象，这两封信对于黑夫和惊的兄长衷而言，何等珍贵。衷将这两封家书带进坟墓里，可能是期待在另一个世界里，兄弟三人能够长久团聚。黑夫和惊应该是死在了战场上，他们再也不能活着返回家乡。

唯一可以安慰的是，他们获得的爵位依旧有效，家人可以因此过上更好的生活。

秦国最终灭亡了楚国，两年后，秦帝国诞生。在秦始皇帝陵博物院的地下军团正是秦军的缩影。秦俑是根据真人形象塑造的，它们之中哪一个是黑夫，哪一个是惊呢？

没有人知道。

黑夫，应该是一个面色黝黑的小伙子。而惊，很可能是个大嗓门，风风火火。

这些为秦统一天下而奋勇杀敌的普通士兵，史书从未记载他们的名字。当年上百万秦楚士卒和百姓的伤痛血泪、生死分别，只凝聚成了《史记》中的22个字："二十四年，王翦、蒙武攻荆，破荆军，昌平君死，项燕遂自杀。"

今天，通过两片木牍，我们认识了其中两个，黑夫和惊。

死去，并不是结束。血与火之中，他们牵手走来。

正是千千万万个他们，缔造了大一统的中国。

就算是再过一千年，人性也是相通的。英雄的勋碑，总有血痕，是小小百姓，是无数个小家庭如累石积沙般默默付出，方能撑起巍巍华夏，铸就浩荡乾坤。

那些年，一起守长城的日子

两千多年前的西北边塞，是什么样子呢？

答案是：一样的北风，一样的明月。

秦时明月汉时关，沉默的长城在凛冽的风中，苍古傲然，那群守护长城的戍卒和百姓，和我们一样，曾经嬉笑怒骂，更有热血深情。他们捧着『铁饭碗』却依然拮据，忍受着职业疾病的痛楚，守卫着边塞的安宁。

寄件人：

宣

宣伏地再拜请

幼孙少妇足下：甚苦塞上。暑时，愿幼孙少妇足衣强食，慎塞上。

幼都以闰月七日与长史君俱之居延，言丈人毋它急。发卒（猝），不审得见幼

孙不？它不足。数来记。

宣以十一日对候官，未决。谨因使奉书。伏地再拜幼孙、少妇足下。

行兵使者幸未到，愿豫自辩（办），毋为诸部殿。

节选自居延汉简《宣与幼孙少妇书》

真意

信中有

幼孙，还有幼孙媳妇，你们都好吧？

塞上的生活，很是辛苦。暑天的时候，你二人一定要留意衣食，在塞上务必谨慎行事。

我和幼都见了面，他说家中老人平安无事，一切都好。前些日子，闰月初七，他同长史君一起去了居延。

后来，幼都动身太仓促了，不知道你们碰面了没有？其他的事就不详述了，多来信啊。

我十一日的时候，到候官这里查对公事，还在等结果。顺道拜托别人帮我送上这封信。

我再啰唆一句，幼孙，还有幼孙媳妇，你们一定要注意身体啊！

这会儿，巡查边兵的使者应该还没到你那里。幼孙，你这次一定要留神，千万不要成为考核最后一名。

信中有故事

汉代，史册中的辉煌朝代，然而，两千多年以后的我们，依旧只能通过史书上简单的描述，感受它曾经的荣光。汉朝是那样遥远，看不真切。哪怕是开疆拓土的汉代名将，我们也很难从历史上短短的一句"斩首虏万余人"勾勒出他们曾经的风烟足迹，更加想象不出千里灭狼烟的惊世传奇，更何况那些埋没在尘埃的兵卒呢？风沙卷过，一封来自汉代居延的信笺，真切地摆在了我们眼前，《大风歌》奏起，他们已走来。

1930 年，考古学者在甘肃省酒泉市，一个叫金塔地湾的遗址附近，发现了大量汉代木简。因为出土的地方属于古时候的居延地区，史学界把这些木简统称为"居延汉简"。居延这个地名在汉代势力进入之前就存在了，是匈奴语，那么，居延为何会有如此多的汉简，是谁留下来的呢？

一封来自两千多年前、汉武帝时代的木简，浮现出来。西汉时期，有一名"宣"的小吏，写了一封信给他的好朋友幼孙夫妇。

这些木简是汉代边塞的屯戍档案，还有一小部分私人信件。宣的信并不起眼，简单的一句开头："幼孙，还有幼孙媳妇，你们都好吧？塞上的生活，很是辛苦。"

028

幼孙是驻守边塞的兵卒，边地烽烟，苦寒偏僻，居延就是汉代的边塞之地。

"匈奴未灭，何以家为？"骠骑将军霍去病的铮铮呼喊犹在耳边，大汉铁骑奋勇前进，他们踏雪追风，穿越居延，大破匈奴，河西走廊得以畅通无阻。

居延也成为防止匈奴再次进攻的第一道关卡，汉武帝在居延修长城、固边防、设都尉，还开启了一场全国性的移民潮。士卒和移民大批涌入居延，离乡背井的人在边塞重新聚集，护卫大汉边疆。

幼孙和幼都是亲兄弟，宣和兄弟俩的关系都很好，至少是朋友，或许还有亲戚关系。也许他们就在这一场移民潮中，背井离乡，忍受苦楚，如此相遇。

三人分别在不同的关隘驻守，但有一点能确定，幼孙夫妻俩生活在金关。汉代，为了稳定军心，律法鼓励驻守塞上的将士携带家眷。

这并不能改善什么，虽然宣只写了"甚苦塞上"四个字，却似道出了一切。作为移居者，他们的家人失去了经营的本业，一切都要从头再来，而当兵驻守边塞，更是极艰险的事情。宣叮嘱幼孙夫妇要留意衣食，因为他们的生活太苦了。

汉代的戍卒主要分为三种：燧卒、田卒和骑士。骑士是精锐部队，随时防范匈奴进攻，地位也最高。汉军骑士与欧洲中世纪的骑士不同，他们不是贵族，都出自普通家庭，但弓马娴熟、骁勇善战。田卒，是从内地征发的屯田士兵。这些人平时开荒种田，一旦边境有事，就协同作战。

燧卒数量最多，也最艰苦。

幼孙就是这样的燧卒。他们几人编为一组，驻守一个烽火台。万里长城有着无数个烽火台，需要昼夜戒备，这是保卫国家的第一道警备线，他们必须时刻保持警惕。一旦发现敌情，就燃起烽火，传递警报。

今天的长城，蜿蜒于崇山峻岭之间，爬长城是对体力的考验，很多人都受不了。想当年的这些普通的燧卒们，要身穿甲胄，手执兵器，长年巡查守护，不分昼夜，甚至"朝行出攻，暮不夜归"，那是怎样的艰苦和危险！

汉代对驻守烽火台的燧卒的职责有着明确的规定，根据来犯敌人的多少，燃烟举火的材质、时间各有标准，如遇敌人来犯，除了"昼燃烟，夜举火"，还要连夜呈书汇报。

长城蜿蜒而上，台阶直入云端，站在烽火台上的幼孙就这样日夜警惕地工作，他背负的是妻子和家族的希望，更是国家的重托。

生活的苦涩，并不能完全由理想所抚慰，边塞之地，夏天炎热，冬天酷寒，燧卒风餐露宿，很容易生病。宣叮嘱幼孙和妻子要注意饮食，谨慎从事。在那个缺衣少药的年代，很多时候，他们病了，也只能挺着。更可怕的是，士兵们往往得的是恶疾，要眼睁睁看着腿脚溃烂，这是怎样的煎熬！

居延汉简中有很多关于伤寒的记叙，也记录了一些治疗伤寒的方法。

除了伤寒，居延汉简里还描述了一种边塞多发病：患者腹部、两肋、关节和腿脚，莫名地肿胀、溃烂，这与现代医学中败血病的症状非常相似。居延地区，多为沙漠和荒原，蔬菜水果等物资极其匮乏。长此以往，由于维生素摄取不足，生活在这里的人很容易罹患类似的疾病。

令幼孙感觉到安慰的是，宣在信中告诉他，他与幼孙的兄弟幼都见了面，家中老人平安无事，一切都好。前些日子，幼都同长史君一起去了居延。

"平安"就好，狼烟千里，风沙漫卷，朋友一句温言就能化解冰霜，幼孙如果能看到信，相信他的嘴边会露出笑容吧。哪怕再苦的日子，也能挺过去。

宣想着让幼都和幼孙兄弟见面，又盼着幼孙多来信。宣可能比幼孙年纪大些，官职也可能比幼孙高，说话的口气明显带有长辈式的劝诫。

他事无巨细，殷殷叮嘱，格外担忧。士兵们面临的不仅是恶劣的生活环境，还有着匈奴的威胁，"枭骑战斗死，驽马徘徊鸣"，并不是一句文学的夸张。燧卒不只负责点燃烽火，也要抵御外敌的进攻，他们的肩上扛着的是千万大汉百姓的身家性命，随时可能牺牲。

宣的信饱含深情，也是幼孙这样的普通燧卒心中的温暖灯火，是在战乱纷扰的世道上，舍不去的情结。宣在孤冷的家园，不断刻写着这封信，那屹立在烽火台上的青年，你还好吧？

烽火一举，关系千万人家的安危，军事信息瞬息千变，层层报送，让敌人不敢来犯。可这一封小小的家书，则更为周折，要经过多次转送，折腾千里，也只有短短数行书。可以想象，当幼孙手捧这封信，含泪阅读的时候，也会有其他的同乡兵士来看信，反复多少次的翻阅，让他们在偏远的长城之巅峰，感受到家的温暖。

宣只是汉代最微末的小吏，职位上的便利使他能够获得一些小道消息，比如巡查边关的使者什么时间前往幼孙所在的烽燧。他通过这封信，悄悄地告诉幼孙提前准备："幼孙，你这次一定要留神，千万不要成为考核最后一名。"

要反复磨炼意志，要争气，不能考核排在后面，这不仅关系着幼孙的前途，更是汉代兵士的精神，要冲在最前面！汉代的考核制度是很严格的，幼孙代表着家族的荣耀，他不仅在平常的日子里要经受艰苦的训练、日晒雨淋的磨砺，更要在考核之时，发挥出绝对的实力，不可因为大意，失去了名次。考核的成绩，不仅仅是他个人的事，更影响着家族的荣誉。汉代有着勇武不屈的精神，幼孙

要争口气，在大论兵之时，一名小小的燧卒也是很有志气的，也要勇当第一名。

战绩显赫的霍去病所率领的大汉军队，从来是站着死，而不跪着生。他一生的战神传奇的荣耀背后，是这千万普通汉兵的血汗与坚守。

万里长城的那些勇猛的汉兵，坚强守护，让匈奴不敢觊觎大汉疆土。奋马扬鞭，李广、卫青、霍去病等大汉强将也都前赴后继，大破敌兵，成就了大汉雄风。

"男子汉"这个词最早起源于汉代。抗击匈奴的战斗中，汉家儿郎绝不后退，打得敌人匹马难还，被称为"汉子"或"好汉"，后来又演化成"男子汉"。哪怕伤病缠身，哪怕日夜无休，不战到底，绝不屈服。这就是中国男人的血性，这就是中国人的英魂！

宣最后还再啰唆一句，幼孙，还有幼孙媳妇，一定要注意身体啊！他最后一句叮嘱，其中暗含的关怀，与现代人没有任何不同。千里征人，一心相系。没有人会愿意这样苦苦煎熬心血的，除非有两个字——信仰。

军魂，从来就是这样的坚守、勇气磨练出的钢铁意志，而一切的敌人、阴暗的东西，会被扫清一空。男子汉，汉家兵，汉朝成为一个崛起的朝代，也是令匈奴不敢侵犯的朝代。这靠的是什么？这是靠打出来的，是靠这样的千千万万的兵士，用他们的肩膀担起了重任，用他们的脚步丈量了长城的每一寸。

狼烟起，江山望，万里彤云动。

他们仿佛从未走远，就生活在我们眼前，短书长情，有温和的关怀，有含蓄的劝诫，有对国家深沉的爱，更是对家族、对人民的责任与担当。

一封古老的书信，激活了 2000 多年前塞上的一段记忆，一抹温暖，一缕阳光。

大唐『北漂』的真实生活

攥在手里的，往往不会被珍惜。

家就是人之初始对世界的童真向往，

在经历风霜之后，才能体会更多。

离家万里，日夜挂念。

想家的时候，谁都可以成为诗人。

一千多年前的唐代，没有手机，没有微信。

一个叫赵义深的年轻人，给远方的母亲捎去家书。

其言语之感人，不亚于唐诗三百首中的任何一句。

· · · · · ·

寄件人：

赵义深

知大兄得勋官云骑尉，居子等喜悦不可言。

书上道连改嫁，属张隆训为妻，居子义深具悉知也。

共义深遣讯来，无因信人时，义深不用信，阿婆努力自用。

居子等巢寄他土，晓夜思乡。

虽然此处经纪微薄，亦得衣食，阿婆、大兄不须愁虑。

奉拜未期，唯增涕结，伏愿珍重，不具，居子义深再拜：从六月廿日以后，

家中大小、内外亲眷悉平安否？

居子、义深二人千万再拜阿婆、两个阿舅、两个阿姨尽得康和以否？

从六月三日已（以）来，胜妃何因不共居子、义深遣一纸书来？

问讯弟张隆训、妹连尽得平安已否？

深等作兄弟时努力慈孝，看阿婆、阿兄，莫辞辛苦。

节选自《唐贞观二十年（公元 646 年）赵义深自洛州致西州阿婆家书》

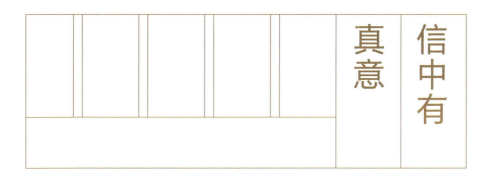

信中有
真意

阿娘，听说大哥官至云骑尉，我和居子很欢喜。

小妹改嫁给张隆训，我和居子也都知晓。

阿娘莫再托人捎东西了，好好留着自己用。

生活虽然拮据，也还算有吃有穿，阿娘和大哥呀，千万不要忧心。

不知何时才能再回到阿娘身边尽孝，想到这些，不觉泪流满面，唯愿阿娘能够保重身体。

六月二十以后，家里的老老少少都还好吗？

两位舅舅、两位姨母，身体还康健吗？还有胜妃，六月以后怎么一封信都没见她寄来呢？

妹妹连和张隆训也都平安吧？

他们都孝顺，把阿娘、大哥照料得很好，从无抱怨，义深很感激。

"巢寄他土，晓夜思乡"，这是赵义深的原话。

公元 646 年，唐太宗贞观二十年，大唐盛世初启，一片峥嵘气象。和暖的微风荡漾，富足的人家过得滋润起来，然而，还有这样一群人，他们只有一个简单的愿望——与家人团聚。他们是卑微的草根，也是奴隶。其中一位名叫赵义深，在洛阳写下肺腑之言。

这是一封寄给母亲的信。

1000 多年后，这封信出土于新疆吐鲁番的一座古墓。

阿斯塔那古墓群遗址
新疆吐鲁番

阿斯塔那古墓群，是高昌故城居民的公墓。赵义深的阿娘，就长眠于此。母亲离开人间也要将儿子的来信珍藏起来陪着她，弥留之际，母亲只牵挂着一件事：孩子，你还好吗？

赵义深，很早就与母亲分离了。母子之间相距有多远？洛阳和吐鲁番，相距3000多公里，在古代，意味着海角天涯。信里这个年轻人为什么远离家乡，离开母亲，漂泊他方呢？

赵义深的命运，要从家乡高昌说起。高昌城，是古丝绸之路上的要冲。

唐太宗时期，高昌王麴文泰隔断中原与西域往来，独家垄断了丝绸之路上的贸易。

公元640年，李世民派名将侯君集带兵西征，一举攻破了高昌。高昌成为大唐的西州。据史料来看，高昌治交河柳中等县，其界东西八百里，南北五百里，突厥曾在附近屯兵，与高昌互有影响，直到唐太宗一举功成，高昌惧而来降。麴氏一族被勒令迁往中原。赵义深很有可能是麴氏的家仆，就这样被迫来到了洛阳。

"长安米贵，居大不易"，这是中唐时期诗人白居易来到长安之时，被调侃的话，而在贞观二十年，在洛阳的生活就很容易吗？洛阳，是繁华不亚于长安的东都，作为随迁而来的流亡者，赵义深在此间的生活并不容易。

赵义深可以算作大唐的"北漂"，离人如蓬草，从书信中，看不出他的职业。为了让母亲放心，他避重就轻不谈工作。他也没法让母亲看到他在远方的样子，只愿母亲见字如面，得信安心。

赵义深问候了兄长，他为兄长官至云骑尉，感到很高兴。云骑尉是什么呢？

唐代延续隋代分科取士的方法，采用举荐和科考相结合的方式选任官吏。科举的制科多达百种，《新唐书·志·卷三十四·选举志》记载："天子又自诏四方德行、才能、文学之士，或高蹈幽隐与其不能自达者，下至军谋将略、翘关拔山、绝艺奇伎莫不兼取。其为名目，随其人主临时所欲。"唐代的制举考试是需要有名人保举推荐的，如果没有权贵推荐或师承恩荫是很难出头的，很多学子纷纷"投牒自举"谋求入仕。赵家曾为奴隶，不太可能靠科举这一条路出头，唯一的上升方式就是从军杀敌。

荡平六十四路烟尘的唐太宗李世民重视武略治国，雄才大略，对北朝的勋官制度加以延伸改革，就按战斗实力来给奖励，勋官品级越高，需要的"转数"就越多。赵义深的兄长任的云骑尉仅仅是第二转勋官（最高十二转）而已，但对于赵义深的家庭来说，已是很值得庆祝的事了。

勋官是不需要出身的，是硬实力的较量，军功起家，还会得到一定数量的私田，有登上仕途的机会，其子弟有靠门荫入仕的资格，等等。有活力的勋官制度已成为老百姓的指望，从军入伍是他们改变命运的机会。

此时，大唐正在用兵八面，侯君集率领大唐军队平定了高昌，更开启了与西突厥的连年战争，这正是武将出头的机会。赵义深的哥哥随军出征，固勇武得到了勋官，这将改变一个家族的命运。

虽然这远远不够，却已让赵义深看到了曙光，兄长的勋官来之不易。

赵义深挂念小妹，她改嫁给张隆训。唐代女子是可以改嫁的，也不会受人歧视，婚姻不遂心意的女子另择佳婿，并不会被说成朝秦暮楚，只是追求幸福罢了。赵义深问候小妹一家人的平安。

赵义深希望家族的每个人都有好事情发生，但他那远在千里之外的母亲更是牵念他，常常给他寄钱物过来。赵义深叮嘱阿娘莫再托人捎东西了，好好留着自己用。他没有法子和兄长一样照顾母亲日常起居，很愧疚。他和居子（居子可能是他的妻子）虽然贫寒，可是对远在他方的家人，他只说生活在不断好转，可以给家里寄钱了，请母亲和大哥不要担忧。赵义深只要经济情况好转，就会给母亲送去衣食之物，补贴家用。

可以看出，刚到洛阳的时候，赵义深的生活，很有可能是极落魄的，甚至大大不如他在高昌时的日子，所以母亲一直很担心他，不断托人问候，给他带东西。他体谅兄长的不易，毕竟照顾老母亲是很辛苦的。他生活在洛阳，压力要比在高昌生活时更大，他怕母亲担忧，表示虽然仅是"经纪"，收入微薄，但还能生活，不用牵念。

漂泊是最没有归宿感的，心是空落落的，赵义深梦里也想着回家，可那是不可能的事情，他只能出门打拼，需要赚一点儿微薄的收入。

他们是一群离群的鸟儿，在陌生的土地上筑巢，唯一能有的，就是一颗想家的心。不知何时能够回到母亲身边尽孝，赵义深提笔写到这里，已泪落如雨，泪水沾湿了笔迹，有太多太多想说的话，却连一句都写不出来了，他停了下来，又想了很久，终于再次落笔，写下愿母亲能健康平安。

只要生活稍一稳定，他就要想着与母亲联系。在洛阳定居后，赵义深从未间断与母亲的通信。虽然书信的内容大同小异，却重复得温暖而心酸。

赵义深提到六月二十日，因为这一天之后，没有接到胜妃等亲戚的来信，这遥远的千里飞信，想来路上也要走很久，可是他清楚记得每一位家人的来信

时间，他知道家人们把母亲和大哥照料得很好，给他的信里没有一点儿抱怨，他心怀感激，这本是他应该做的事，可是他没有法子亲自去做。

他作为奴仆，要孝敬的是主人，要奉侍主人家的老夫人、子女等，可是他自己的老母亲却在千里之外，在天涯海角，要很久才能收到一封信，多么的可悲。没有人可以体会他的心情。

温暖而友善的一家人，让一封封穿越山海的信牵起了漫长的情思，而赵义深却是母亲最深的念想，她反复抚摸着的信，哪怕临终也要将它带入坟墓。

洛阳城里无数的灯火，与晶莹的星光交错，可是没有一盏灯下、没有一个地方是能够让赵义深与家人团聚的地方，这都不属于他。可是他的生命却在这里一点儿点儿耗尽，直至消逝。

漂泊，如夕阳西落，寒凉无限，只有远离家乡、过着挥汗如雨的日子的他们，才会打落牙齿和血吞，脑海中浮现的是远方母亲的微笑。陌生城市的灯火不属于赵义深，最后一点儿安慰是那浅墨字痕、洒泪黄卷。

鱼雁传书，尺素未尽，他又给母亲写了一封信。

赵义深原信
出土于阿斯塔那古墓

寄件人：

赵义深

唐朝来信

书能悦，今二月仲春已暖，甚暖不审，阿婆体因何如？

阿婆遣九月五日书与义深来，十二月三日得也。闻阿嫂共阿婆一处活在，义深

喜不自胜。

故遣张明德、马道海将五糸（丝）采布二丈……

节选自阿斯塔那二四号墓出土《赵义深与阿婆家书》

阿娘啊，你收到这封信的时候，约莫已是早春二月。

那时候，天气已经转暖，身体会好一些吧！

阿娘九月初五送出的信，我十二月初三就收到了。

听说嫂嫂和阿娘在一块儿生活，我实在是高兴得很啊。

我让张明德、马道海帮我捎去一些布料……

故事 信中有

从信中可知，从洛阳到高昌，每一封信在路上至少需要三个月。赵义深在冬天给母亲写信，他想象中母亲在早春二月可以收到他的来信，嘴边露出微笑，心里也宽慰了许多。

吐鲁番一带的气候是冬季较冷，春天和暖。春天的气候对老人来说是非常有益的，他听说嫂嫂与母亲住在一起，有人照料母亲，互相帮扶，他"喜不自胜"，心里特别高兴。有学者认为，按照唐代的规定，"父母在，子女不得别籍异财"，但只要父母同意，兄弟可以"异财"，也就是说兄弟异财是常态，"财食无私"是特例，所以赵义深特别欣慰，因为兄长和嫂嫂能够这样照顾老母亲。他还请两位同乡人帮他捎去一些布料，送给家里，让母亲能够感受到温暖。

古代的邮政系统叫"驿传"，是官府为了传递文书、转运物资而设立的。汉代驿传的最快速度，是日行四百里。唐代规定，皇帝颁布的敕令必须日行五百里。到了清代，军机处设立之后，重要文书的传递速度必须达到日行八百里。这就是所谓"八百里加急"。然而，由于运力有限，普通百姓不能使用国家的驿传系统。在民间，普通人之间的通信，只能依靠私人捎带。

乡情是国人的温厚绵存的情结，百姓之间互相帮助，已成为羁旅生涯里难得的烟火气息、一缕阳光。汉代一首乐府诗中有"客从远方来，遗我双鲤鱼。呼儿烹鲤鱼，中有尺素书"，说的就是托同乡人带信的故事。

中国人的人情里有着温厚，不会有人拒绝这样的送信。乡邻之情，是出门在外的游子们唯一的贴心，都是外乡人，何不相助？

赵义深托人带了一匹布，他细细叮嘱母亲，先留一丈给自己，再裁多少给妹妹、多少给亲戚。

这是他清贫的生活中，为数不多的财物。丝帛只有富贵人家多得，贫苦人家要省吃俭用方能得来布料，他都赠给母亲用，还怕母亲年迈只顾着儿女，忘记自己冷暖，让母亲先留一丈布给自己。这是一个非常细腻、温暖的人。远行的游子，对母亲的眷念，跃然纸上。

赵义深的家族里人数颇多，母亲总是会记挂着给孩子们添衣制鞋，可是就想不起自己来，赵义深最怕母亲又会这样做，就特别告诉母亲要多留一些给自己。他了解母亲的心意，就怕儿子不会回来，也怕孩子缺衣少食。他深感自己无法尽孝。只愿母亲能穿上他的布料做的衣服，觉得儿子还在身边，陪着她。

赵义深最后回到家乡了吗？

也许是没有的，母亲将他的信带入坟墓，长眠同伴，这就是对儿子最深的思念。"义深，孩子，你回来了？"母亲含泪长眠。

赵义深是普通的大唐百姓，是历史长河里不起眼的小人物。

大唐的雄伟辉煌的盛世图景背后，是芸芸众生的默然温柔，他们造就了风流韵脉。

寄件人：	唐朝来信
李贺子	

……子鼠仁两个家里平安好在。

一个四岁，一个二岁，到六月复坐，不知儿女。

廿年七月内，用七千五百文买胡婢一人。

次廿一年正月内，用钱九千……宅在。

手里更无物作信，共阿郎、阿婆作信，贺子大惭愧在。

节选自阿斯塔那 5 号墓出土《李贺子上阿郎、阿婆书》

真意　信中有

父亲、母亲，我在这边一切安好。

这些年得了两个孩子，如今一个四岁，一个两岁。

妻子六月份又怀孕了，不知是男孩是女孩。

贞观二十年（公元 646 年）七月，花七千五百文买了个胡婢。

贞观二十一年（公元 647 年）正月，又花钱盖了房子。

手头实在是没钱，没能给父亲、母亲捎去什么，我很惭愧。

李贺子原信
出土于阿斯塔那古墓

信中有
故事

　　一个小小的历史变化，会影响很多人的命运，如果没有这些书信，一切都了无痕迹。阿斯塔那古墓群 5 号墓也出土了与赵义深的信相似的书信，一个叫李贺子的年轻人，也是这次大迁徙中的一员，他也想念着远在吐鲁番的父母。

　　李贺子告诉父母，他与妻子一切安好，还有一个四岁、一个两岁的小孩也平安。而"到六月复坐"这句是有争议的，这封书信的"坐"字的笔体是民间的手写体，而不是草书写法。有学者通过字形、字体等分析，认为"坐"字是怀孕的意思，而不是生产，也有学者认为是生产的意思。无论如何，李贺子的妻子仍然将成为第三个孩子母亲。

　　这样的生活压力，对于一个普通的老百姓来说，已经是不堪重负。为了操办家事，他花钱买了一个胡婢。这并不是说李贺子多么富足，唐代稍有些进益的家庭，也是能够买个奴婢的。何况，这已经是他的极限。

　　同样是在贞观二十年前后，生子、养家、盖房子，让李贺子手里没有钱了，没有法子给父母亲捎去什么。他信里说了这么多，可能已经很久没有寄信给父母了，没太多补贴给家里，李贺子非常惭愧，心里不踏实。

其实，李贺子已经想过很多法子，想多赚点儿钱来改变生活，可是一切都没有法子改变，他只能惭愧，一只离群的候鸟，虽然在他乡安了巢，可是他终回不到梦中的故乡，他的父母也没有法子再看到那些可爱的小孙子、小孙女们，只能看信落下泪来。

后来，李贺子经常给家里写信，也捎寄些财物，他能做到的也只能是这些了。

李贺子的信中提及的生活需求与我们的差距不大，千百年来，百姓要的很简单，就是过好小日子，上可养老，下可育儿，手有余粮，心内不愁，只是很多人为了过上平凡的生活，已用尽全力。

赵义深、居子，还有李贺子，在浩瀚的历史中，微不足道。

他们史无记载，但这些穿越时间的书信，让他们的人生凝固在世间。

毫无修饰的语言，让历史不再抽象而苍凉，让时间也开始善解人意。

赵义深、李贺子的书信都是迁居中原的高昌人寄回西州的家信。或许，赵义深、李贺子后来终于回到了家乡……

二丫头的奇遇之旅

言为心声，字为心画，透露着人的性格。

一封书信随风展开，这端正秀雅的楷书，颇具书法家风度，出自古代一位女子之手。

女子的姓名，今天已经无从知晓。她写给母亲的家书中，落款为『二娘子』。

唐宋时期，年轻女子被称为『娘子』，与现在的『丫头』或者『姑娘』意思相同。

可这一次惊艳的奇遇，充满浪漫色彩，抖落敦煌古卷，与没有名字的她，不期而遇。

赵义深之后，可爱的二娘子也从西北来到了中原。

寄件人：

二娘子

……离日久，思恋尤深。

耐烟水以阻隔……期空深瞻暮（慕）之至！

季夏（极热），（伏惟）……尊体起居万福，即同二娘子荣侍。

……

闰三月七日，平善与天使司空一行到东京。

目下并得安乐，不用远忧。

今则节届炎毒，更望阿嬢、彼中骨肉，各好将息，勤为茶饭，煞好将息，莫忧

二娘子在此。

今寄红锦一角子，是团锦，与阿姊充信，素紫罗裹肚一条，亦与阿姊。

白绫半匹，与阿嬢充信。比拟剩寄物色去，恐为不达，未敢寄附，莫怪微少……

女二娘子状。拜上。阿嬢下前。

六月廿一日

通询末厮、襄（怀）珠外甥，计得安乐。

今寄团巢红锦两角、小镜子一个，与外甥收取充信。

出自《二娘子家书》

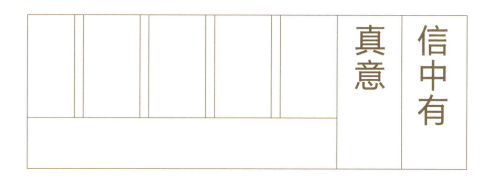

一离日久, 思恋尤深。

奈何万千山水阻隔, 空惆怅, 只有眷恋深深。

夏日炎炎, 唯愿母亲万福。

伤离别后, 但求阿娘平安。

从离开到闰三月七日, 一切顺利, 和天使司空一行人已经到东京。

当下生活富足安乐, 你们不要忧心。

炎热将至, 希望阿娘和各位兄弟姊妹, 注意休息, 仔细饮食。

好生将养, 莫要为我担心。

这回啊, 寄去一角红锦, 是送给阿姐的。

还有一个紫罗兰肚兜, 也是给阿姐的。

那半匹白绫, 是给阿娘你的。

本来还想多寄些什物, 但又怕送不到, 没敢多寄, 可不要嫌少啊。

二娘子敬上, 六月二十一日

对了,

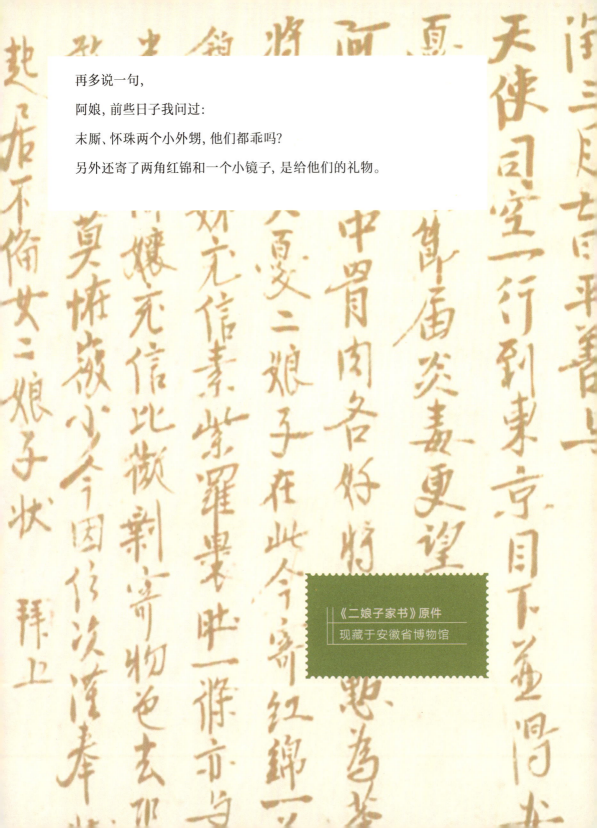

再多说一句，

阿娘，前些日子我问过：

末厮、怀珠两个小外甥，他们都乖吗？

另外还寄了两角红锦和一个小镜子，是给他们的礼物。

　　"二娘子"从何而来？没有人会想到这样一位活泼热情、慧语灵心的女子的家书，会出现在敦煌的藏经洞。

　　民国时期，学者许承尧曾在敦煌整理古文献。一个偶然的机会，他从藏经洞文书中发现了一卷特别的经书，经书的背面有字。

经卷

出土于藏经洞

前人为了修补残破的经卷，经常用废纸粘贴背面。这张废纸可不一般，竟然是一封千年前的书信。补经有专门的技艺，可这样用如此完整的书信来补，还是一位姑娘写的信，却是从来没有过的发现。

如果说这个世界上有奇缘，那就是一种千丝万缕、不能聚汇的散落情丝，飞荡在平静心绪的佛经之间，这将深藏着怎样的秘密呢？

一离日久，思恋尤深，奈何万千山水阻隔，空惆怅，只有眷恋深深。雅致深长的文辞，娟秀可爱的字迹，满纸的深情厚意，瞬间打动了许承尧。他写诗感叹道："千年送此纸，珍异抵琅嬛"。

如果说佛法会通人情，千载柔情就像一浣云衣，补了那残破的经卷。谁说无情才能通玄心，如落尘缘即俗人？这一封情意满满的信，送来神妙的神思，满载着千年的情韵。

书信通篇没有明确的年代信息。二娘子的身份、她生活的年代，都成了谜团。

从书信上楷书的字体和遣词造句的习惯来看，可以推断，这封信大约写在唐宋时期。

敦煌藏经洞是奇异的所在，有着四言诗、五言诗，这封信的用语，颇有唐宋诗歌的风采，四言发端，散体流贯，起语就一脉情长。

二娘子的这封信，是寄给远在千里之外的母亲的。她离开敦煌，已经很久了，去到陌生的东京，也就是开封。她想做什么呢？为什么要去那么远的地方呢？

天使司空，是第一个关键词。天使是朝廷的使臣；司空，是官职。闰三月七日，又是一个关键词。

排查唐宋时期有闰三月的年份，公元 980 年比较符合，这正是北宋太宗时期。《宋史》中记载，这一年春天，敦煌遣使奉贡。闰三月二十八日，使臣入朝纳贡。进贡是一件大事，需要筹备的时间。这一天，有可能刚好是二娘子抵京后的第二十天。

千里迢迢来到东京，二娘子很可能是随夫出使。《资治通鉴》中记载，北宋时期，西域一带的朝见者，经常携带家眷。她可能习惯了敦煌莫高窟的壮美辉煌，来到北宋的繁华东京，一切都充满了新鲜感。

烟花千里，美景如画，初到东京的二娘子还来不及欣赏，就忙着收拾行李，安顿家人。

那天，正值深夏的酷热，在夜阑之时，刚刚收拾舒齐，一切安好的二娘子的心没有平静，她想念远在敦煌的老母亲。也许作为使节的妻子，二娘子去过很多地方，可是这一次却是来到北宋的首都，这是完全不一样的。不仅是旅途遥远，风土人情更是与家乡的迥异。这样的异乡远别，让二娘子更加思念母亲。

"惟愿母亲万福"是宋代常用的问候语，但一句"伤离别后，但求阿娘平安"，足见二娘子的动情之深，非常人可比。

"人生自古伤离别"，敦煌与开封相距千里，她随夫去开封之前，就与母亲伤感离别，这一路之上并不能时时书信相慰，她只愿母亲不要伤心挂 念，而要平安快乐。她的字翻转多姿，顾盼有致，在行笔起落之间，带着古诗词的情韵，可见二娘子是有一些文化底蕴的女子。

她告诉母亲，当前开封的生活富足安乐，这也未必是夸大其词。这时正是宋太宗的统治时期，大宋向来重文轻武，对于来访的使节还是比较优待的。

在孟元老的《东京梦华录》里就记载了那时的北宋生活，各种精美小吃、酒食香气扑鼻，流光溢彩的朱楼粉阁，调丝弄曲，繁华无比。想来，二娘子初来开封，还是很开心的，安乐至极，并没有什么忧虑的。

炎热将至，二娘子希望母亲和各位兄弟姊妹，注意休息，仔细饮食。敦煌与中原相比非常偏僻，汉代之时十分贫穷，到了唐宋之时，随着丝绸之路等交流不断发展，生活环境也会有一定的变化。而二娘子的一家子人口众多，她虽嫁为人妇，还是时时担忧娘家人的生活。

宋初，有些唐代的余风，对于女子来说，还是没有受到太多的束缚，特别是敦煌是中原通往西域的交通要道，也是丝绸之路的重要枢纽，敦煌的女子地位较高，从莫高窟晚唐12窟《婚礼图》可知，在拜堂成亲时男拜女不拜，女子纵然嫁了人，也不会与娘家人断绝往来。

二娘子字迹潇洒，颇有外向活泼的腾跃之态。她用词极佳，情感却直露，这与当时的女子地位较高有关系。女子们可以大胆表达观点，具有极旺盛的精力和无限的活力。

二娘子担心母亲的身体，愿母亲不要担心自己，送上对母亲的真挚祝福。她这一路的颠簸，也开阔了眼界。

宋代的开封十分繁华，布料丝绸的店铺沿街相望，二娘子开心地走过那些从来没见过的大宋繁华的长街，穿行在大大小小的坊间里巷，精心选着要送给母亲和姐姐的礼物。

二娘子寄去一角红锦，是送给阿姐的。还有一个紫罗兰肚兜，也是给阿姐的。

又是红锦，又是紫罗兰的肚兜，她对姐姐真是情深，知道姐姐喜欢的色彩，选的全是最可心意的。也许姐姐早已嫁人，但是妹妹还是最惦着她，这也许是远在敦煌买不到的好料子。

"买买买"的二娘子如果在今天也是个好逛街选购的潮女，她挑的都是最好的东西，她开心地将半匹白绫装好，这可是送给母亲的礼物，要细细包装好。素净的白绫，年长的母亲也许喜欢吃斋念佛，也许天性好静，都会很适合，她都想象得到，母亲收到礼物时满意的微笑。

二娘子活泼阳光，如同敦煌舞动的飞仙，她惊喜地来到开封这一方天地，转来转去，巴不得将很多好看的布料、好吃的东西都打包寄回家里。但是太远了，一路的波折，只怕是一次送不了太多的东西，所以她有些担心，只选了姐姐和母亲最喜欢的布料来托人送出。

文书、布帛，都可以折叠成角。封好的物品，称为"递角"。驿传制度诞生之初，是为了传递官方文书。隋唐开始，驿传虽然盛极一时，但寄送的私人物品还是很少。

二娘子却能经常给家里快递私人物品。这要归功于宋太宗。宋太宗时期，朝廷允许在传送公文的同时，顺便捎带官员们的私人物品。从宋以后，官方的驿传系统越来越多地用到了民间。

二娘子，幸运地成为第一批享用"国家邮政快递"的人。

可爱的二娘子，她还怕母亲和姐姐嫌少，还特别多叮嘱一句"不要嫌少"，快言快语的性格，让人忍俊不禁。

她写完信，就要落款了，忽然她又想起来，问母亲，末厥、怀珠两个小外甥，

他们都乖吗？她寄了两角红锦和一个小镜子，是给小外甥们的礼物。

二娘子还体贴地想到，虽然他们是小男孩，但是古人注重仪容，男孩子小时也要装点妥当，所以就寄了两角红锦和小镜子，红锦可以做成小肚兜，放在内衫里，小镜子也可以拿着把玩。

两个小孩儿，收到小姨的礼物，恐怕会高兴得合不拢嘴。母亲收到女儿的信，一定会笑逐颜开。

史书中还记载了一件有趣的事。像二娘子这样的随行女眷，往往会成为史官的采访对象，讲述异域的风光和见闻。她也许会成为这方山河美丽景色的描述者,也许会和史官滔滔不绝地说着敦煌的绵长历史，成为一个专业"导游"。

二娘子的活泼俏皮，热情奔放，一扫我们印象中固有的宋代女子的端庄文静的印象，她忙忙碌碌、口齿利落，加上深情的文笔，展现了那个时代真实生活着的女子的美好与可爱。

后来，这封家书为何漂流到藏经洞，已经不得而知。但机缘巧合，使我们得以嗅到千年前的人情味儿，让我们邂逅了那个热情开朗，又爱操心的二娘子。

她想家，惦念之情溢于言表，但也热爱旅行和冒险。有了这样一次精彩的东京之旅，她必然以引人入胜的口才，把大漠边关的故事，讲给那些史官听，让传世的书册中，也留下她青春的印迹。

这封信漂流着，是爱与家的温暖，纵然山河非故景，然因缘不灭，吃斋念佛的僧人也从中看到了那些浮现的尘缘，经书里透着热烈的滋味、梦魂所系的故乡。从来法理不外乎人情，佛缘更是修得的，就是让美好的感情长驻人间。

古气弥漫的藏经洞，有诗情，也有心意。

『宁嫁猪和狗，不做你的妻』

粟特文，一种几近失传的中亚文字。

如烟火，刹那明灭，缘去无痕。

然而，1700 年前，大约在中国历史上的魏晋时期，一个叫米薇的粟特女人，在敦煌写下这封信，寄给她的丈夫，那奈德。

也许是情能感天，神迹的出现，让渐渐消散的粟特余音，又震荡起来。

然而，那奈德并没有收到妻子的信，也就没有看到信尾的这句话：『宁嫁猪和狗，不做你的妻。』

一封绝情书，隔绝各一方。

我向你跪拜，如同在神前匍匐，我为你祈福，我的丈夫那奈德。

能看到你健康快活，我的每一天，都是好日子。

能听闻你安然无恙，我的生活，也就还撑得下去。

可说句实话，我过得……一点儿都不好，很糟糕，很凄惨，我要死了。

我一次又一次给你写信，却从未收到你的一封回信。

对于你，我已经彻底失去希望。

为了你，我困在敦煌整整三年。

我去求萨保，求他赏赐一些钱财给法克汉德，这样他就可以带我去找你。

但法克汉德说："我不是那奈德的仆人，可别把钱给我。"

有过一次、两次，甚至五次离开的机会，但是他们拒绝带我走。

当初，与你来敦煌，我义无反顾。

母亲的劝诫、兄长的警示，我一概没有听从。

从我爱上你的那一天起，就已经惹怒了众神。

我宁嫁猪和狗，也不愿做你的妻。

信中有
故事

米薇，她是谁？一个异域女子，残卷青灯之下，在一封信笺上留下了点点泪痕。

公元 1907 年，英国人斯坦因在敦煌附近的烽燧遗址中，捡到了一个遗失的邮包。穿越千年的烽火，边地风烟，烽燧遗址可以上溯到汉代。斯坦因没有想到，他这是捡起了一个族群的历史宝藏。邮包里，有 8 封纸质的信。其中第 3 号信，就是米薇的家书。

千年不毁之物，竟然是一封绝情书。

学者们破译了书信中神秘的文字，判定这些古老的信札是现存最早、最完整的粟特文献。

这些粟特文书信从敦煌和武威发出，分别寄往楼兰、撒马尔罕等地。这些城市，都是丝绸之路上的重镇。2000 多年前，一个名为"粟特"的族群，曾经活跃在丝绸之路上。

他们为什么要来到中国呢？因为做生意。

时间飞转，回到 2000 年前，那些粟特人带着特有的璀璨无比的宝石、奇

异精纯的香料，骑着骆驼，走向想象中那个神秘而古老的国度——中国。

丝绸之路是古中国悠久的海外贸易的桥梁，粟特是音译，这个民族主要生活在古代中亚阿姆河和锡尔河流域一带，也就是今天的乌兹别克斯坦、塔吉克斯坦境内。

生活在东西方的十字路口，粟特人把罗马和波斯的金银器、印度的宝石和香料，运到中国，再把中国的丝绸与茶叶，运到西方。他们是当时最重要的跨国贸易商人。

从中亚到敦煌等中国城市，距离数千里。粟特人携家带口，沿着丝绸之路建立中转站，在各个贸易重镇落地生根。粟特人通过漫长的丝绸之路频繁往来于中亚与中国之间，以经商闻名于世，成为中世纪东西贸易重要的交流者。

长年的经营也锻炼了粟特人的头脑，他们在这边不断挖金，学习中原文化，甚至移民到了中国。

粟特人，从东汉到宋代，沿着丝绸之路不断移民到中国。他们用家乡邦国的名字，作为自己的汉语姓氏。安国人姓"安"，康国人姓"康"……九个国家九种姓，这就是唐史中记载的"昭武九姓"。

今天，姓安、姓康、姓史、姓曹、姓米的中国人，也有可能是粟特人的后裔。

娶妻生子，安家落户，迁移到中国。"胡人岁献葡萄酒"，他们酿制美酒，交涉往来，希望能过上富足的生活。

公元 310 年前后，也就是西晋时期，粟特人米薇夫妇在敦煌经商。因为一桩生意，那奈德前往楼兰，但一直没有返回敦煌。

粟特人四海为家，迁移动荡，没有放弃他们的浪漫情怀，很早就有文字和绘画。米薇的信里，她呼救祈祷，以真诚之心来诉说千回百转的情感波折。

米薇所求助的萨保是什么人呢？

2000 年，在陕西省西安市，考古人员发掘了一座墓葬，墓主人叫安伽，是一个萨保。粟特商队分工明确，萨保本来是粟特商队的首领，在中国定居后，萨保就成为管理整个部落的长官。

"我向你跪拜，如同在神前匍匐，我为你祈福，我的丈夫那奈德。"虽然米薇一直没有收到那奈德的回信，但这一封信的开端，她就写下了这样的句子。没有了爱，但也不愿意恨。

"能看到你健康快活，我的每一天，都是好日子。能听闻你安然无恙，我的生活，也就还撑得下去。"米薇的这一句，是含泪写出来的，虽然她知道不可能再见到丈夫，但是那个虚幻的影子，却是她的苦痛生活中支撑走下去的一丝丝力量。

所谓的"安然无恙"，只是一心奢望，米薇在敦煌的古城里，早已失去了生意，更没有了自由，苦日子根本望不到头。她可以说是一无所有，无数次等候在驿道之旁，守望着乡人会带来那奈德的信，可是每一次都是失望。

她终于说出来一句："可说句实话，我过得……一点儿都不好，很糟糕，很凄惨，我要死了。"

一个有孩子的女人，若非万不得已，不会说出"死"这个字的。

一位经商过的女人，若非走投无路，也不会说出放弃的话。粟特的商队辗转动荡，她什么苦难都经历过，坚强英勇，但是无数残忍可怕的现实，仍旧要摧毁她。

她带着孩子，身无分文，一次又一次给那奈德写信，却从未收到丈夫的一封回信。

在黑暗中，米薇颤抖着，彻底没有了指望。但是她又不能离开，回到粟特。

因为她想过很多办法，要去找那奈德，三年中，她求过商队的首领萨保，请她施舍一些钱财给一名叫法克汉德的人，这样他就可以带着她去找丈夫。

但是，法克汉德说："我不是那奈德的仆人，可别把钱给我。"她求了一次又一次，想跟着他们去楼兰。甚至已经求了第五次，但是他们都拒绝带她走。

原因并不清楚，也许是那奈德早已厌倦了米薇，本就想去楼兰另起炉灶，成立新家。也许是商人们只会想着谋利，觉得带着女人和孩子是累赘。

粟特人有自己的宗教信仰，米薇卑微的乞求并不会得到丝毫的同情与怜悯，她将希望寄托给神灵，可是没有什么能够拯救她的力量。米薇开始反思，她为什么会沦落到这步田地？

当初，米薇离开家人，来到敦煌，却只为了那奈德。她义无反顾，母亲的劝诫、兄长的警示，她一概没有听从。

只因为爱。

也许那奈德本来就是一个浮浪的男人，重利轻情，米薇的家人们看出他并不是合适丈夫的人选。敦煌那么远，一个弱女子怎么能去异域经商？而米薇的毅然决定，是为了爱，而不是为了利。

她本来可以享受美好生活，过上安稳的小日子，但因为爱上一个不该爱的男人，一切的美好都被打破了。

米薇追随着那奈德离开家乡，离开亲人，来到敦煌，可是那奈德却没有了音信。

现在她已成为一名可怜的奴隶。

她欠了很多钱，都给了法克汉德这个人。她只能出卖劳动力来还债。

一个女子走投无路，在一个寒冷的冬季。

她应该怎么办?

"从我爱上你的那一天起，就已经惹怒了众神。"

米薇自责、懊悔，这是她选择的路，却是没有法子再从家里拿到一点儿救济的钱，也许她并没有求助家人，也许她并没有办法得到亲人的谅解。

三年来，她一直在找那奈德，爱已消失，只求一个答案。

然而，在寒风之中，她的心已冰封，已死去了。这个男人已经亲手毁了她的生活。

她在信的末尾写了一句话:"我宁嫁猪和狗，也不愿做你的妻。"

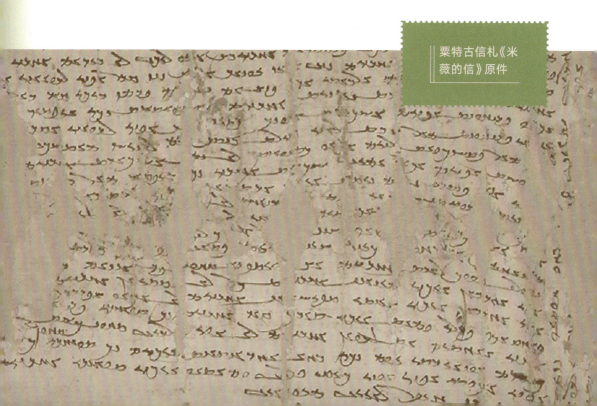

粟特古信札《米薇的信》原件

真意 信中有

法克汉德找不到了。

妈妈和我背负了所有的债务，现在已经沦为奴隶。

只要二十枚金币，就可以解救我们，但没有一个人愿意帮助。

这是米薇的小女儿莎恩的话，写在书信右侧一角。丈夫一去杳无音信，留下孤苦无助的母女，生活之艰难可想而知。

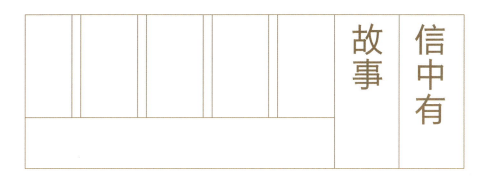

故事　信中有

　　莎恩只是一个小女孩，但她要为母亲米薇说话。一个残酷的事实是，她们已成为奴隶。即使到了唐代，粟特也是有女奴出售给富贵人家的。粟特人很重利益，一路之上，他们会买卖奴隶，米薇母女已经没有了独立生活的本钱，她们只能这样卖身为奴。

　　但是，如果能拿出钱来，只要二十个金币，就可以救出她们母女。

　　米薇这样一个没有丈夫的女人，孤身带着小女儿漂泊在敦煌。她们背负了很多债务，这些债务里有没有那奈德经商失败欠下的，他是不是逃债去了，这一切都不得而知。米薇欠了很多钱，她要养活女儿，她已经无路可退。

　　然而，在遥远的异地他乡，她的身边没有一个亲人和朋友来帮助。

　　这是西晋时期，即使是在中原，也有贫富不均，世家大族在享受，穷人都在挣扎，何况，依附商队漂泊挣扎的一个粟特的女奴。

　　为了得到二十个金币，米薇母女已经求遍了所有的人。为什么他们不肯帮助这对可怜的母女呢？

　　她们善良纯朴，缺少商人应有的精明和干练，所以被丈夫骗，被那个可以

带她们离开敦煌去找寻那奈德的人骗。但是她们有错吗？命运为什么这样不公呢？

这是两千年前的绝情书，泪尽之书。

米薇母女，是否活过了那个冬天，不得而知。

那奈德，是负心薄幸，还是遭逢变故，无从知晓。如果是遭逢变故，我们可以原谅，如果不是，那女子的一片真情错付，更是可悲。

米薇费尽心力，要邮寄出这封信，那么，这个邮包为什么会出现在敦煌的烽燧遗迹呢？

米薇也许终于找到了可以送信去楼兰的人，然而，这封信随着邮包遗落在他处，永远不会被收到。

这是怎样的薄命！

天若有情天亦老，终须不负痴心人，两千年之后的我们，可以触碰这封信，感知米薇落下的眼泪，痛苦的呐喊，无助的眼神。

这一家人的故事，我们所能知道的，仅限于这封信。最终这封信还是遗失在邮递的路上。因为这些文字，我们感受到了这位曾经的女子的深情，感受到丝绸之路的温度。

在后来的唐代，在有着一百零八坊的长安，粟特人还做着商业贸易，起到了交流桥梁的作用。历史应该感谢粟特人，他们似乎一无所有，又好像拥有整个世界。

他们拥有独一无二的语言天赋，热衷于贸易。

利之所在，无所不至。

在世界商业史上，粟特人的声名与腓尼基人、犹太人可以相媲美。

他们贯通了东西，促进了交融。他们深受中国人喜欢，也深深爱上了中国文化。公元7至8世纪，粟特地区被阿拉伯帝国征服，到公元10世纪以后粟特人的文化也渐渐消失在历史中。

凡生于此世间之人，无一能避免死亡。如果那奈德没有负心，而是遭遇不测，想来米薇却反而是会微笑的。一个勇敢痴情的女子，虽然没有收到回信，在煎熬的岁月里，即使到了生命的尽头，她也会得到安慰。

更为难得的是，在人间，一位丈夫和一位妻子，得以相互守望，走过这年年岁岁、日日夜夜。甚至，他们还将在天堂携手共度。

历史佯装成巧合，悄悄送来米薇的信。她不甘心沉默，要让千载风霜，记录下这一封泪落之信。

山无棱，天地相合；江水竭，痴情无侪。经历了风雨，女人都会有痛心舍弃的一刻，也会有温暖寄托的抚慰。哪怕在颠簸的旅途中，仍旧多了一分心安。

她和你我一样，活过、来过、爱过，在这个世界上留下了自己的痕迹。

贰

- 两地相思，一人终老
- 有情饮水饱，无爱相决绝
- 痛失所爱，抱憾终生
- 人生一场秋雨，所幸有你
- 深情以死来句读

人间有情，
亘古未变。
两个人共同诠释的一生，
有欢喜也有悲伤，
有风雨也有阳光。
刹那心潮澎湃，
一千种情真意切，
穿起时光的碎片，
是一封封书信，
描绘出人间爱的模样。

是你告诉我，爱情的模样

两地相思，一人终老

从前的从前，车马很慢，道路很远。

信上的人，也是心上的人。

情丝缭绕，万里孤鸿，爱怜之意，别离之苦，从古至今并无不同。

一纸薄薄书信，却可以道尽一生的相思。

寄件人：

徐淑

知屈珪璋，应奉岁使。策名王府，观国之光。虽失高素皓然之业，亦是仲尼执鞭之操也。自初承问，心原东还。迫疾惟宜报叹而已。日月已尽，行有伴例。

节选自徐淑《答夫秦嘉书》

信中有真意

郎君你是美玉，即将成为年轻的官员，眼界大开，虽然不是大事业，却也是孔圣人追求的目标。

收到你的来信，总以为我们能相见，可是我的身体实在不好，只能叹息，不能去见你了。

你就要动身了，该带的行李，都仔细整理好了吧?

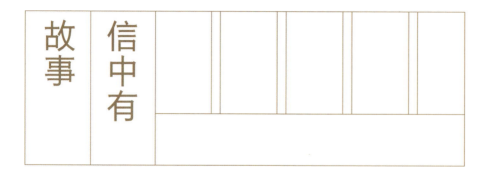

故事 信中有

今天，很少人再相信在这个人人行色匆匆的年代，会有聆听心声、生死不弃的爱情，那些影画淬出的余味，斑驳的墙痕，都无法诉说过去的山盟海誓。可这封信却飘然而来，带着古典爱情的余香。

两汉之时，还没有"女子无才便是德"的说法，不少文学世家也会涌现不少才华满腹的女子，如班婕妤、班昭、蔡文姬，她们自小就有很好的物质基础和家学传承。然而，很少有贫寒人家出身，自学成才的女子能够跻身史册。一位东汉女诗人徐淑却写下了一封信，以诗文寄情，而收信人正是她的丈夫秦嘉。她出身平凡，字号不详，却喜欢读书，凭灵心慧才，写出的诗歌被清代的诗论家沈德潜评为"词气和易，感人自深"。

徐淑与丈夫秦嘉，生活在陇山之西的平襄县，也就是今天甘肃省的通渭县。汉桓帝时，秦嘉是一个文职小吏，郡吏虽是小官，但是徐淑并不在乎丈夫的名位，能够与他在一起，就胜过一切。然而，三十岁这年，秦嘉领到了一个差事，进京汇报本地的人口户籍和赋税事宜。

东汉的都城在洛阳，从通渭到洛阳，有上千里地。秦嘉与徐淑结婚没有多

长时间，而就得相聚千里，不知何时团圆。相思遥寄，何处续红丝？

秦嘉知道京师距陇西相隔千里，中间隔着崇山峻岭，临行悬望，不知何日才能归来。他匆匆遣车，想迎接徐淑以相见。不巧的是，徐淑卧病在床，正在娘家。秦嘉派马车来接，却是空车往返，徐淑没有法子随他前往，也不能与他相见。

千里相别，却不能一见，徐淑将所有感情寄托于鸿雁。她与秦嘉的相遇，并不像一般古代男女之间缘凭天定，只因媒妁之言，父母之命，而是他们经历了彼此执着不屈的追寻，方能找到三生石上的旧相识。

徐淑没有想过，会遇上秦嘉这样一位才子。她惊喜地发现了秦嘉为人温厚谦恭，更兼才情横溢，他就如同一块美玉，只要有一点儿机会，就能有所作为。

如今秦嘉要去京都做事，这是他施展才华的好机会，徐淑虽然依恋不舍，

但她仍旧祝福他的夫君，在洛阳京都，可以施展才华，开阔眼界，奔向更广大的世界。虽然秦嘉得到的官职不高，但却是为国做事。徐淑是有理想的女子，以夫为天的社会里，她看重的却不是名位，而是更高远的理想。

当她收到了秦嘉的来信，多么盼望能够与秦嘉长相厮守，朝朝暮暮，可贫寒的生活，缺医少药，再加上繁重的家务，已让徐淑的身体难以再承受长途奔波之苦，无法与丈夫相见。

她卧病在床，手捧着书信，感受到丈夫字里行间的温馨。她挂记着丈夫要动身了，该带的行李，都仔细整理好了吧？她遥望着千里之外的洛阳，想着秦嘉会不会忘记带什么东西，这个温和体贴的丈夫虽然饱读诗书，但他还是需要人照料的，他有书生气，很少会为自己打算。

徐淑记挂着秦嘉的衣食起居，但是她万万想不到在京都生活的难熬，远不是路途上的风霜雨雪，也不是缺食少衣，而是要面临着更为复杂的局面。

秦嘉在即将赴京之际遣车迎接徐淑，方得知徐淑生病，无法面别，他辗转思念，彻夜难眠。他接到徐淑的信，更加担忧徐淑的身体，这个柔弱的妻子，始结连理，欢聚不久，无奈只能相望于山高水长，甚至他都不能为妻子送一碗热粥。秦嘉更觉伤感，只能寄信表情，徐淑病弱，她敏感多思，日夜思盼，仍无法与君相逢，洒泪无处，频频寄信，嘱托丈夫，不要挂念，以国事为重。

山高路远，风寒露重，徐淑只能从秦嘉的信里感受那一缕缕的温情，但她未曾想到这一次的分别竟是那么的长。

寄件人：

秦嘉

汉朝来信

纷彼婚姻，祸福之由。

卫女兴齐，褒姒灭周。

战战竞竞，惧德不仇。

神启其吉，果获令攸。

我之爱矣，荷天之休。

出自秦嘉《述婚诗·其二》

这世上成千上万桩婚姻，可能是幸福的源泉，也可能是灾祸的根本。

世人对待婚姻无不谨慎，我也是战战兢兢，怕自己没有运气寻到志同道合的爱人。

感谢神灵眷顾，竟然让我遇到你。

承蒙上天恩泽，让我得妻如此。

故事　信中有

　　汉代的四言诗多为《诗经》之传承，风格雍容，婉而多讽，但是这一封有着四言诗歌风格的信件，却是秦嘉对爱妻徐淑的爱情宣言。

　　古代人虽然有"郎骑竹马来，绕床弄青梅"的自小相知，更多的却是"父母之命，媒妁之言"的婚媾，没有了解，一对陌生的男女就走向了婚姻。

　　在外人眼中，秦嘉是一位文才出众、意气风发，素有慨慷之情、济世之志的青年，其实在他的内心深处，浪漫柔软，很害怕找不到知音，对婚姻有着无比的忐忑。

　　他也算是"恐婚"一族，越是看重，越是惶恐。作为家中独子，秦嘉顶着延续香火的压力，他却偏要用心一意，就是要找寻到真正的爱人，哪怕是过了二十多岁，他已成为晚婚一族、大龄"剩男"。可以想见，在那个时代，这个青年要承受多大的压力。当时的人们认为，齐家才能治国、平天下，他若不结婚，对他的前途会有非常大的影响。汉代有着察举制，大龄未婚还可能会受到法律的惩罚。

　　可秦嘉就是执着地寻找真爱，这种执着放到今天也值得称赞，更何况在

2000多年前！他的梦中理想的婚姻，是男女双方心灵与情感的合一，是遇见志同道合的伴侣。他害怕没有运气能够找到理想的她。

快到30岁的时候，他才等到了徐淑。

徐淑虽多愁多病，却才华横溢。她性格温婉中不失刚烈，可谓东汉版的林黛玉，她在中国文学史上，因诗赋而占有一席之地，她后期写给秦嘉的诗句中灵光闪烁，缠绵悱恻，"瞻望兮踊跃，伫立兮徘徊，思君兮感结，梦想兮容晖"，她的诗歌一扫西汉深厚之风，而以真情流露抒写对秦嘉的思念，文辞精美，余韵深长。当才子遇上才女，故事就与其他人无关了。

秦嘉无比感谢上天神灵，在茫茫人海之中，居然能让他遇到最理想的妻子，他不在意徐淑的体弱多病，只慕她的心思灵敏，有着纯洁的灵魂。她体会秦嘉的志趣，能够成为他最好的伴侣。这是怎样的机缘，能够让秦嘉娶妻如此，秦嘉感受到了幸福，他已很满意了。

秦嘉与徐淑，留给后世的，全是写给彼此的情书。

寄件人：

秦嘉

当涉远路，趋走风尘，非志所慕，惨惨少乐。又计往还，将弥时节，念发同忿，意有迟迟，欲暂相见，有所属托。今遣车往，想必自力。

出自秦嘉《与妻书》

岁月匆匆，一想到我们之间还要相隔千山万水，我就心有戚戚。

所以，我想晚走两天，哪怕短短地见一面，说上几句话也好啊。

我派车去接你，你愿意来吗？

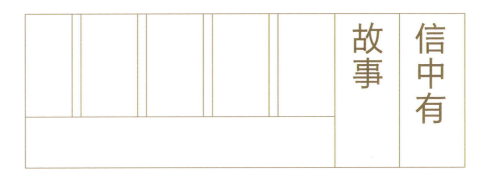

信中有
故事

那年，冬天，寒风凛冽，秦嘉很久没有见到徐淑了。他遥望着窗外的千山万水，却不能看到妻子的身影。他伫立在书案前，铺平了纸张，以墨汁蘸笔，写了一封信。

徐淑去哪里了呢？从往来的信中推断，徐淑体弱，应该是患有某种慢性疾病。秦嘉作为官吏，年终是工作最忙的时候，徐淑为了不影响丈夫，回娘家休养。

秦嘉并不知道，徐淑怀孕了。徐淑还没来得及告诉丈夫这个喜讯，秦嘉就收到了进京的诏令。

《后汉书》中，记载了秦嘉的这次远行。《后汉书·百官志》："岁尽，遣吏上计。"郡国上计中央，郡国守相却不亲往，而是派遣守丞、长史代行，称为上计使者，同时还有上计掾、史。东汉最有才华的文官，大约七百多人，面见天子和朝臣，陈述各个郡县的风情民俗。

东汉时专门由上计掾、史上计于朝廷。作为上计掾，他的职责除奉达计簿外，还代表郡国守相参与朝会、备询政俗，且能评议守相的能否；承中央诏敕，宣达于守相，以为行政的准则。东汉时郡国上计掾、史多被朝廷拜为郎，可以

得到更高的官位。东汉桓帝之时，秦嘉为郡上掾，奉命赴京师洛阳上计。

这是重要的考核，也是展示官吏才能的机会。还有学者考证，秦嘉这一次主要是接受新任的官职，并非尽是上计，也就是说朝廷已经有所暗示秦嘉可能会升官。

在地方上当官，与在京城当官是不一样的，秦嘉执政为民，他努力工作，是希望有机会向朝廷阐述他的所见所闻，能够作为咨政的参考。

徐淑知道丈夫的志向，秦嘉一直就有"澄清天下"的理想，自己不能成为他的绊脚石。她虽然怀孕了，但仍旧希望秦嘉能够出去做大事，不要以她生病为念。徐淑更有自己的主张，她认为京都风物繁华，丈夫秦嘉也许会有所迷惑，曾在信中叮嘱丈夫要以家国为念，早日归来团聚。

寄件人：

徐淑

谁谓宋远，企予望之。室迩人遐，我劳如何。深谷逶迤，而君是涉；高山岩岩，

而君是越，斯亦难矣；长路悠悠，而君是践；冰霜惨烈，而君是履。身非形影，

何得动而辄俱；体非比目，何得同而不离。于是咏萱草之喻，以消两家之思。

节选自徐淑《答夫秦嘉书》

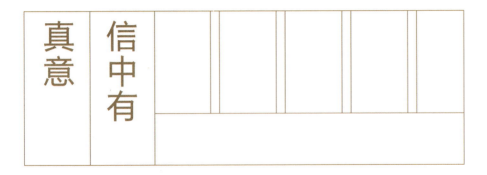

真意 信中有

谁说京城很遥远，我踮起脚尖就能看到呢。

我在家里，你在远方，我没有什么辛苦的。

蜿蜒逶迤的山谷你要跋涉，高山峻岭你要翻越，这才是难事啊。以后漫长的路，你要慢慢走过，凛冽的风霜，你要承受。

可惜我的身子不能成为你的影子，要到什么时候我们才能长相厮守呢?

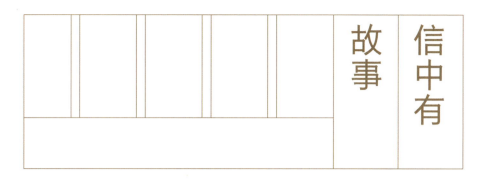

信中有故事

公元 162 年，秦家双喜临门。徐淑生了一个可爱的女孩，秦嘉也升了官。

才华出众的秦嘉，获得了汉桓帝的青睐，他被任命为黄门侍郎，常年留在洛阳。接下来的几年，夫妻二人过上了长期分居的日子。根据《后汉书》记载，黄门侍郎，俸禄 600 石，虽然只是一个小官，但位置却很重要。秦汉时期，宫门是黄色的。黄门侍郎，顾名思义就是天子身边的人。它是由外臣担任的内官，其他宫内职务都由宦官负责。秦嘉还负责郊庙祭祀、临轩朝会，在宫内掌侍左右传达朝令，很受皇帝信任，前途远大。

与此同时，他将面临的是极其曲折的道路、险恶的环境。权力场的角斗是极可怕的，秦嘉这样的大才子、大诗人，为官更多是追求理想，不会算计人心，缺少应有的权谋和城府，这就有可能将他推入了更为复杂的境地，稍有不慎，身家性命怕是难保。

徐淑写信告诉秦嘉，她独自带着女儿并不辛苦，可是秦嘉在那样的风波莫测的官场则是如同翻山越岭，必将有无数的艰难险阻、风霜苦雨需要他独自经受。徐淑太了解秦嘉的性格了。他是温存的男人，也是浪漫的诗人，更有

着热情执着的追求。他更偏重理想，希望能够为百姓做事，澄清天下，一旦重权在手，难以承受的压力就会卷袭而来。

徐淑虽然是一介女流，但她自幼爱读书，早就明白很多道理，她担忧丈夫的生活，但不希望丈夫秦嘉退缩，希望他能够完成志向。

徐淑独自养活女儿哪里会不辛苦，可为了能减少一点儿丈夫的事业压力，她没有一句怨言。得成比目何辞死，愿作鸳鸯不羡仙，不知何时能再与君相逢，她日夜思念。

令人感到奇怪的是，秦嘉既然在洛阳站稳了脚跟，为什么不把徐淑和女儿接来呢？

寄件人：

秦嘉

人生譬朝露，居世多屯蹇。

忧艰常早至，欢会常苦晚。

……

省书情凄怆，临食不能饭。

独坐空房中，谁与相劝勉？

节选自秦嘉《赠妇诗》

真意　信中有

　　人生有如清晨露水，居处世上，动辄遭难。忧患艰险时常降临，欢欣愉悦迟来姗姗。

　　见你书信倍感心伤，面对美食不能下咽。孤独一人静坐空房，谁能给我安慰宽勉？

信中有故事

这是两人分离后，秦嘉写给徐淑的诗。诗中所见，秦嘉并不快乐。东汉末年，桓帝刘志喜爱乐舞与美色，不善政务，但是他想除掉一位大权臣，就是外戚梁冀，以得到权力。可是，当时不少士人趋附梁冀，被皇帝腰斩弃市，所以汉桓帝刘志急于得到士人的支持。他曾数次招揽士林中名士为官，可是皆被拒绝。当时士大夫与皇帝不合作，与宦官之间的争斗也越来越激烈。

秦嘉是开拓汉代五言诗境界和风格的重要诗人，他来到京都是担任黄门侍郎，这可不是一般的官位，是可以接近皇帝的，这也使他处于宦官与士大夫斗争的旋涡之中，他的处境是极其艰难的。

桓帝利用宦官力量杀了梁冀之后，又因自身软弱，使宦官由此得势，惹得士大夫不满。士大夫与宦官之间的斗争愈演愈烈，双方之间，你死我活。夹在两方势力中间的黄门侍郎，战战兢兢，如履薄冰。在重要位置上的秦嘉如何能自保，都会成为问题，他必须随时应对一切争斗。

年轻的秦嘉，官场经历有限，面对如此危险的权谋争斗，很可能产生了无法自拔的幻灭感。此时，秦嘉自顾不暇，根本就没有心思将家人接来洛阳，与

他一起担惊受怕。

　　秦嘉身处"澄清天下"的理想与现实的黑暗矛盾交织之下，不会想到他最终能够留给世人的，竟然只有与妻子徐淑的诗歌，而这也是当时，他能够在险恶的环境中找到的唯一的慰藉。

览镜执钗，情想仿佛，操琴咏诗，思心成结。敕以芳香馥身，喻以明镜鉴形，此言过矣，未获我心也。昔诗人有飞蓬之感，班婕妤有谁荣之叹，素琴之作，当须君归，明镜之鉴，当待君还。未奉光仪，则宝钗不列也；未侍帷帐，则芳香不发也。

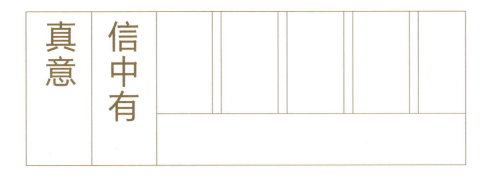

真意　信中有

　　诗经中描述,丈夫离家,妻子就蓬头垢面,无意梳妆打扮。班婕妤也曾叹息:
"神眇眇兮密靓处,君不御兮谁为荣?"

　　等我的夫君回来,我才会抚琴咏诗。我要一直等待,等夫君亲手递我金簪,
那时,我再用它绾起长发。

　　　　　　　　　书简阅中国

信中有
故事

秦嘉曾送给徐淑明镜、宝钗、妙香、素琴、诗歌。明镜可览珍，素琴以悦耳，妙香以去秽，宝钗以曜首，诗歌以慰心。他的深情厚意，徐淑感念，但她更愿丈夫早日归来，没有秦嘉，那明镜、宝钗、妙香、素琴纵然可以娱情美颜，又有何用呢? 徐淑一片痴心系于丈夫秦嘉，因为有了秦嘉，生活才有了光彩。

感情之深，无可比拟。然而，她却再也等不到秦嘉的归来。

公元 164 年的冬天，秦嘉随桓帝出巡，在途中突然死去，死因不明。有人说是突发急病，也有人猜测是被政敌谋害。毕竟两年之后，桓帝朝就发生了党锢之祸。

秦嘉来不及再看一眼徐淑，也没有能够与妻子说一句话，他突然病逝或是被害，让徐淑陷入极大的悲痛。她不明白为何等了这么久，心爱的人就这样走了。

年轻的徐淑回忆着丈夫生平的点点滴滴，泪如雨下，她立志守寡。可是她并没有生活来源，两个兄弟逼迫徐淑再嫁，徐淑曾写信告诉他们: "淑虽妇人，窃慕杀身成义，死而后已……智者不可惑于事，仁者不可胁以死。" 东汉之时，

还没有贞妇守节这样的说法，徐淑是因为爱情而坚守。

徐淑的前半生，因为秦嘉，得到了温暖的爱情。

徐淑的后半生，为逝去的爱人做了三件事。她拖着病弱的身体赶赴洛阳，接回秦嘉的尸骨，使他得以长眠于家乡。她为秦嘉收养了一个儿子，将一对儿女抚养长大。她发誓不嫁，坚守着与秦嘉的爱情，可是在兄弟的逼迫下，徐淑自毁容貌，一人终老。

她已为秦嘉做到了所有。爱不会因为死亡而消逝。情可让人生，亦可让人死，她做到了。

中国人相信，爱情有三生三世，但愿真有轮回，秦嘉就可以再次对徐淑说："感谢神灵眷顾，竟然让我找到你。"

有情饮水饱，无爱相决绝

爱之所在，心之所向。

然而，世间有多少感情经不起岁月的磨洗，变得相见争如不见。

如果有一天，你的爱人不再爱你了，该怎么办呢？

两千年前，一位女性做出了自己的选择，她经营婚姻的果敢与智慧，不逊于任何当代新女性。

男儿重意气，何用钱刀为！

竹竿何袅袅，鱼尾何簁簁。

愿得一心人，白头不相离。

凄凄复凄凄，嫁娶不须啼。

蹀躞御沟上，沟水东西流。

今日斗酒会，明旦沟水头。

闻君有两意，故来相决绝。

皑如山上雪，皎若云间月。

出自卓文君《白头吟》

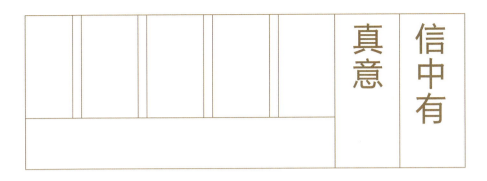

信中有真意

爱情应该像山上的雪一般纯洁，像云间月亮一样皎洁。

听说你怀有二心，所以来与你决裂。

今天置酒作最后的聚会，明日一早便在沟头分手。

过去的生活宛如沟水东流，一去不返。

我毅然离家随君而去，没有像寻常女子那般凄凄啼哭。

满以为嫁了一个情意专心的称心郎，可以相爱到老永远幸福。

男女情投意合，就像轻细柔长的钓竿，牵着愿上钩的鱼儿，你侬我侬，自得其乐。

男子应当重情重义，失去了真诚的爱情是任何钱财珍宝都无法补偿的。

故事 信中有

星光飞流，情字不逝。情关难过，无人能越。风烛飞动，黄卷漫展，翻开一段尘迹。

2000多年前的西汉时期，一位叫卓文君的女人含泪润开笔墨。她要写一封信给她的夫君。她在成都，收信人是她的夫君司马相如，在长安做官。

卓文君与司马相如的故事，曾经传遍朝野，这是一段才子佳人的美丽传说。

可是，现在，一度轰轰烈烈的爱情似乎要草草收场了。

司马相如文才卓越，一笔一画风华全现。他能诗善赋，风流倜傥，堪称一代才子。可是，才华并不能换来财富，他还是落魄的文人。而靠冶铁发家的卓王孙，是四川临邛县数一数二的富商。那一天，卓王孙大宴宾客，请来了众人翘首以盼的大才子司马相如。

谁也不会想到，这一场宴会牵起了一场缘分。宴会上，司马相如即兴弹琴，这就有了传世的名曲《凤求凰》。

《凤求凰》的古琴曲极有魅力，也许是司马相如早就倾慕卓文君，方有此曲。卓文君是卓王孙的小女儿，自幼受到了良好的教育，尤擅抚琴。卓文君

书简阅中国

精通诗书，慧心灵巧，弹琴娱己，是位多情之人。然而，卓文君并非一帆风顺的白富美，而是经历过感情的波折。她的第一任丈夫去世后，十六七岁的卓文君寡居在家，青春芳华，转瞬即将消歇。司马相如的琴音，撩动了卓文君沉寂已久的心弦。

昆剧《玉簪记》中有《琴挑》一折戏，尼姑陈妙常有感于潘必正的琴声，被撩动了芳心。古代的大家闺秀，长年居在深闺，纵然青春情动，却也不能自露心迹，多会喜欢调丝弄竹、温柔体贴、才高八斗之士。

爱上与自己有相同爱好的他，这让卓文君以为获得了知音。司马迁在《史记·司马相如列传》中，记录了卓文君和司马相如初见的情景，他们的爱情也从此流传千古。

然而，对卓王孙来说，司马相如可不是理想的女婿。他没有一官半职，也没有丰厚的家财，只是一个落魄的文人。

司马相如在文学领域的天赋很高，他的文笔华美，可当时的汉景帝以务实治国，不喜诗赋。整个青年时期，他一直怀才不遇。他纵然有锦心绣口，满腹才情，竟没有一分施展的余地。他最擅长的文体是汉赋，赋笔铺写，文风华丽，但还是不能得到重用。司马相如辗转奔波多年，却不能成家立业，人到中年，司马相如心灰意冷，回到家乡四川。

人生的奇妙，往往是失之东隅，收之桑榆。爱情，在司马相如人生低谷的时候降临了。

卓文君并不在乎司马相如有没有钱，她只想要这个才子的真情。他拥有如此的绝代才情，岂能不让她动心？可是作为寡妇，她爱上了一个不能爱的司马

相如，她明白以卓王孙的性情，是不能够同意他们的亲事的。

于是，这个才十六七岁的女孩子做出了一个大胆的决定。

在宴会后的一个夜晚，卓文君与司马相如私奔了。

卓文君挑战世俗的行为，激怒了卓王孙。这简直是丢人现眼的事。在他眼中，司马相如攀结富贵，拐走了卓文君，而卓文君更是不知廉耻，竟让他这样的豪富之家门风扫地。他实在难以忍受，就断绝了女儿的经济来源。

为了解决生存的窘境，卓文君再次做出了一般的大家闺秀都不敢做的、更出格的事，这一次她真的扬名天下了。

她在当地开了一个酒馆。汉代一个女子居然从商，从千金小姐变成酒铺的老板娘，这是怎样的落差！卓文君并不在乎，只要能够维持温饱，和有情人在一起，哪怕是成为商人，被世人瞧不起，她也不会有怨言。

司马相如穿着短裤，在闹市中和伙计们一起忙碌。卓文君抛头露面，"当垆卖酒"。在司马迁的笔下，从没有一位女性有如此生动的形象。太史公对卓文君的欣赏，一目了然。

他们要用这样惊世骇俗的行为，证明他们是真心相爱，而并非为卓家之富贵。当然，从此"当垆卖酒"也成了一段佳话，卓文君和司马相如超凡脱俗的爱情，轰动一时，在四川可谓家喻户晓。

卓王孙为了颜面，不得不资助钱财给自己的女儿。卖酒需要干粗活，要打点店里来的不知高低的粗汉子客人，早起晚归，谋生讲价。卓文君的诗书教养全然不见了，她完全不像一个体面的富家女孩，有一种独立倔强的性格，她想做的事就一定要做到，哪怕是万口嘲谤，也无怨无悔。

  显然，卓文君有着自己的判断标准，有着独立的观点，绝不是跟风随大流的庸脂俗粉。她不仅仅是为了爱情而生活，更重要的是为了她自己的追求而生活，毫不在意世人的眼光。

  她完全不同于一般的古典传统女子的温柔含蓄、文静内敛，相反，带着诗人般的热烈、纯粹执着的追求，任何世俗规矩与庸人的言语、眼光都不能挡住她的脚步。

  情动于中而形之外，想要舒心自在的生活，就要有大胆和勇气。那时，年轻的卓文君相信她的眼光，司马相如就是她最可靠的港湾。"愿得一心人，白首不相离。"

  可是，时间过得那么快，现在，一度轰轰烈烈的爱情似乎要草草收场了。

汉朝来信

寄件人：

卓文君

春华竞芳，五色凌素，琴尚在御，而新声代故！

锦水有鸳，汉宫有木，彼物而新，嗟世之人兮，瞀于淫而不悟！

朱弦断，明镜缺，朝露晞，芳时歇，白头吟，伤离别，努力加餐勿念妾，锦水

汤汤，与君长诀！

出自卓文君《诀别书》

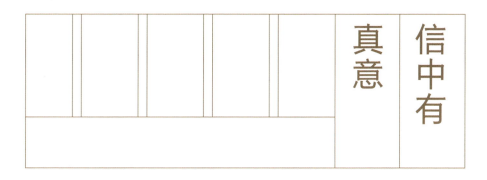

信中有真意

春天百花盛开，争奇斗艳，绚烂的色彩掩盖了素洁的颜色。琴声依旧在响，但已经不是原来的人在弹奏。

锦江中鸳鸯互相陪伴，就像汉宫里枝条交错相依，它们都不会离开自己的伴侣。令人感叹的是，这个世界上却有人因美色而执迷不悟，喜新厌旧。

朱弦断，知音绝。明镜缺，夫妻分。朝露晞，缘分尽。芳时歇，人分离。一曲白头吟，从此伤离别。

你大可不必挂念我，照顾好自己就行。我对着浩浩汤汤的锦水发誓，今日若分别，就是永远的诀别。

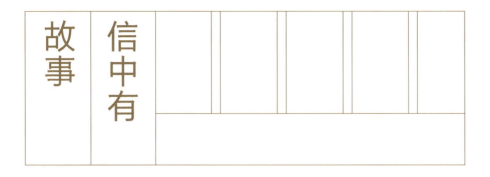

故事　信中有

　　这是卓文君在写了感人至深的诗歌《白头吟》之后，写给司马相如的《诀别书》。卓文君的文字简约，才情飞扬，字里行间却保持着难得的理智。当她遭遇到人生最大的考验的时候，她以决绝的姿态，重新选择了一次。

　　患难相守的爱情故事，结局竟令人唏嘘不已。卓文君遭遇了爱情的魔咒，她放弃了所有，可是，她心心念念的男人司马相如发达后，变心了。

　　公元前 141 年，汉武帝登基。一篇华美的辞赋，让不惑之年的司马相如终于出人头地。他成为朝堂上举足轻重的士人，也成为天下皆知的才子。司马相如的汉赋切合了汉武帝的心理：一心要展现大汉的雄浑壮阔、山河锦绣。他层层铺叙，手法婉转精妙，辞华藻丽，推动汉赋达到了新的高峰。连后来被汉武帝冷落的皇后陈阿娇为了挽回皇帝的欢心，也曾让人以千金来购买司马相如的文赋，送给汉武帝。"千金纵买相如赋，脉脉此情谁诉？"司马相如终于走上了巅峰，他一路高升，流连于长安的五彩斑斓，留在成都的卓文君逐渐被冷落。

　　司马相如爱上了一个长安女子，执意收为妾室。这就违背了卓文君的爱情理想"一生一代一双人"。在那个时代，男人是可以纳妾的，但卓文君坚决不能接受，她只要专心真挚的感情，为此她不惜一切。

她爱上的是风流的才子，但却是要他的真心，而不是戏弄。一生一世，只爱一人。这种爱情观，实在是太难能可贵。卓文君是认真爱的，才能够在爱情即将消逝时，放手任他而去。她要的并不是镜中花、水中月，她以生命来印证彼此的真心。

卓文君更不是逆来顺受的弱女子，她敢爱敢恨。在《白头吟》和《诀别书》两封书信里，她一边追忆两人曾经的美好，一边又直接摆明决绝的态度：要么迷途知返，要么永不相见。

卓文君给了司马相如机会，如果若他选择负心，那她就朱弦断、知音绝，明镜缺、夫妻分，朝露晞、缘分尽，芳时歇、人分离。一曲白头吟，从此伤离别。

她绝不拖泥带水，也不会牵肠挂肚，一切了无痕。一个女子的从容与智慧，风骨与品格，绝不逊色千年之后的新女性。

司马相如收到书信后，幡然悔悟，他终于想起了曾经的贫寒相守、她的温存呵护，那些流逝的日子，一瞬间就回到了眼前。司马相如明白了此生不能再当游移不定的船，而是要与这位女子长相厮守。他将卓文君从遥远的蜀地，接来长安。从此，琴瑟和鸣，相守到老。

如果你遇到的感情并非一帆风顺，如果你的他（她）也曾经离开，请你仍旧坦然面对内心的选择，依旧相信爱，但也了解人性，更会保护自己，才能更懂得爱的真谛。

痛失所爱，抱憾终生

书法之魂是艺术的至境，它总会寄寓在敏慧的心灵之中，纵然心灵有一天会止歇，可真情永恒，爱不消残，美到至境。

公元三八六年，东晋书法家王献之病重。

家人请来道士作法度厄，期盼祛病消灾。

道人问王献之，你这一生，犯过什么无法原谅的过错吗？

王献之回答：我这一生，没有对不起别人，唯一的遗憾是与郗氏离婚。

王献之

虽奉对积年，可以为尽日之欢，常苦不尽触类之畅。方欲与姊极当年之足，以之偕老，岂谓乖别至此。诸怀怅塞实深，当复何由日夕见姊耶？俯仰悲咽，实无已已，惟当绝气耳！

出自王献之《奉对帖》

信中有真意

我和你在一起，多久都不会厌倦，哪怕是年复一年，相互凝视，我也很高兴。

那时候，我们额头相对，时间变得很慢很慢。一直想着，要和你白头到老，没想到竟会走到今天的地步。我很难受，非常难受。道茂，什么时候才能再见到你？欲哭已无泪，日日复悲伤，或许，要到死的那一天才会解脱。

《奉对帖》

王献之

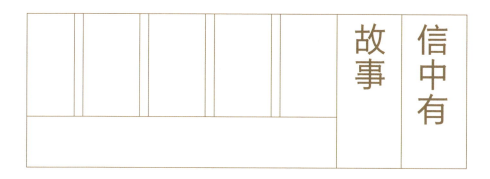

信中有故事

　　如果是对的人，时间也会停下脚步，泪眼凝望，再不见伊人。字字泣血，句句锥心，这是王献之写的《奉对帖》，也是一封书信。

　　王献之是"书圣"王羲之最小的儿子，父子二人因书法成就在历史上并称"二王"。在唐代之前，王献之的书法，似乎比王羲之的更受欢迎。王羲之观鹅取形，其法式翩若惊鸿，婉若游龙。王献之是王羲之的第七个儿子，自幼习书法，又擅长绘画，他的行书和草书皆冠绝一时，更为难得的是他虽家世不凡，官居高位，却为人老成，淡言寡语，谨慎专注，不喜夸夸其谈。东晋的宰相谢安曾说："大凡杰出者少言寡语，因为他不多言，所以知道他不凡。"

　　一个人的眼界与性格会注入他的文字之中，每一个中国汉字都是厚重的，积累着无数种情感波折，王献之的书法精绝，不拘方圆，自然写意，风韵十足，在唐朝之前，更为当世所重。唐朝建立之后，由于太宗皇帝李世民对王羲之的书法极其尊崇，王献之的作品开始遭人冷落，传世作品因此越来越少。

　　才华不会被埋没，到了宋代，书法家米芾向一位朋友求王献之的字帖，他列出的交换清单如下：一篇怀素的法帖，两幅欧阳询的书法，六幅王维的雪景

《先夜帖》（左）

王献之

《鄱阳帖》（右）

王献之

山水图，犀牛角腰带一条，再送一个玉珊瑚的盆景。王献之作品之珍贵，令人咋舌。

今天，王献之的作品传世极少，最打动人心的，莫过于这篇《奉对帖》。这是王献之写给前妻郗道茂的一封信。

琅玡王氏是晋代的名门望族，人才辈出。王羲之的小儿子，不仅英俊，而且才华横溢。

王献之16岁的时候，迎娶了自家表姐郗道茂。郗家是举足轻重的名门望族，高门之后，朝廷重臣，王谢之家也不敢小觑。王氏与郗氏联姻已久，王羲之的夫人就是郗道茂的姑姑。

郗道茂与王献之是青梅竹马，虽然她比王献之年纪大些，可郗道茂满腹诗书，颇有书法造诣，她性情真挚，聪颖动人、执着重情、轻盈灵动。王献之虽官居高位，却淡泊名利，陶醉在学术与书法之中。两人既是夫妻，更是挚友，琴瑟和鸣，最完美圆满的人生也不过如此。

没有多少人能够在那个时代有幸遇到爱情，很多人都与不爱的人生活了一辈子，但王献之何其有幸，得到了一位心心眷念的女子，成就了神仙眷侣。王献之不在乎郗道茂的年龄，他只爱这个女子，希望能够天荒地老，此心不移。他们是如此幸运，彼此倍感珍惜。

王献之虽不善言谈，但只要他见到郗道茂，就有着说不完的话，哪怕只是看她一眼，也心动不已。时间变得那么的美好，岁月就这样走下去，哪怕到死，他们也不会厌倦，彼此激发的才华与情感交织，不知会留下多少绝世珍品。

历史上最珍贵的书画诗词，都来自作者的灵心妙悟，不染世俗，风骨峥然，深情无限的内心。只有这样的人，才会创作这样的作品。就算没有高门厚禄，以王献之与郗道茂的真情，也会有妙品书法流芳，因为技巧从来都是外在的，艺术是有灵性的，千古相通，自有情理。

新婚后半年，双方的父亲先后离世，特别是郗道茂父亲的离世，对郗氏家族的打击是比较大的，家族逐渐走向了没落。情投意合的小夫妻相互扶持，由儿女情长走向夫妻情重。

郗道茂与王献之少年夫妻，情真意重，他们也有了一个小女儿，名叫玉润。他们十分欣喜，可惜这个小女儿也病夭，连天雪雨无竟时，从来在高门雅致、流连诗画环境中成长的小夫妻，开始品尝了人生的苦酒。但他们因情而结，决心要一起面对苦难。

没有人想到，比父亲离世更大的变故，即将降临。

寄件人：

王献之

东晋来信

思恋，无往不至。省告，对之悲塞！未知何日复得奉见。何以喻此心！惟愿尽

珍重理。迟此信反，复知动静。

出自王献之《思恋帖》

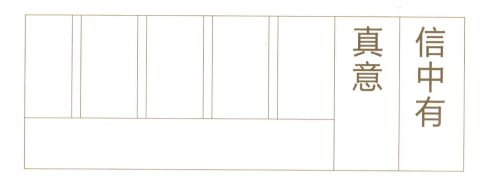

信中有真意

我很想念你，你现在过得好不好？想到你，我的心在泣血。

不知道什么时候才能和你相见，希望你能珍重。

如果可以，给我回个信，我想知道你的近况。

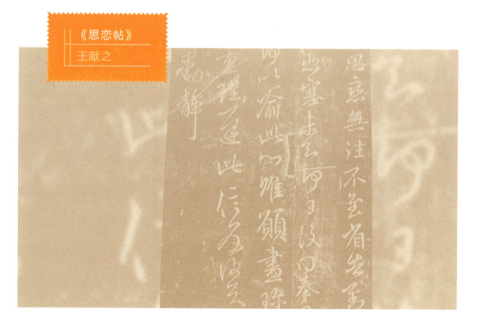

《思恋帖》
王献之

故事 信中有

这39个字，是王献之写给郗道茂的另一封书信，《思恋帖》。起笔还是平缓的行书，但越来越快，越来越草，最后一句，几乎是一挥而就。他内心的纠结煎熬、着急担忧，淬入笔端。

写这封信的时候，王献之已经和郗道茂离婚了。

离婚的原因匪夷所思，公主爱上了王献之，非王献之不嫁。

新安公主司马道福，晋简文帝的第三个女儿。她早年嫁给了大司马桓温之子桓济，桓氏也是当世的大族。这是一桩政治婚姻，公主一直闷闷不乐。当桓氏家族发生内斗，自己的丈夫桓济被贬黜之后，公主迅速废弃了和桓氏的婚姻关系。

王献之淡定自持，风神俊秀，仪表不凡，是温润如玉的翩翩佳公子，更难得的是为人品格高洁。他做人有操守，"赏井丹之高洁，故其为人峻整，不交非类"，不同凡俗，绝不会因为权势攀结，也不与庸庸碌碌的重利爱名之人相交。风流蕴藉、才貌出众的王献之，成了公主的猎物。她知道王献之已有妻室，但坚持要嫁给王献之，这是仗势欺人。如果是真爱，就会为所爱的人打算，会考虑王献之的感受，而不是利用身份和地位来拆散人家一对恩爱夫妻。

公主必须明媒正娶，皇帝一纸诏书，命令王献之休妻。王家本是大族，王献之根本用不着攀龙附凤。可是他怎么能想到，做出这种事的人居然是公主。皇帝的诏令，谁也不能违抗。

王献之的性格淡定慎重，并没有慌乱，他只是一再表示拒绝，绝不高攀。对他而言，被公主垂青，并非喜事临门，而是祸从天降。

越是得不到，越要得到，公主就要征服他，从来没有人能够拒绝皇家的婚姻，她似乎并不真正了解王献之的才学，更不懂得王献之书法精神的丰厚，若无真情，岂能写出好字？也许是她曾经坎坷，更倾慕温柔儒雅的男人，哪怕这个男人不爱她。

如果一个人在面对生命威胁和名利诱惑的时候，不肯放弃爱人，宁可自己受到伤害，那就一定是真爱。

王献之开始自残。史书记载，他用艾草烧伤双脚，导致终身残疾。即便如此，公主也非他不嫁，就算他是瘸子，也要嫁给他。终于，迫于皇帝的压力，王献之迎娶公主。

因为一己私欲而强拆一段恩爱姻缘，公主难道真的是一个蛮横无理的女人吗？

真相不仅仅如此。

司马氏当权的东晋，王氏和桓氏都是大家族，实力雄厚，皇室的婚姻，往往是维系权力平衡的手段。公主弃桓氏而嫁王氏，真正的幕后主使是皇帝。王献之根本没有选择的权力，他不能拼尽家族的所有与朝廷抗争。

在家族利益和个人情感之间，王献之没有能力选择，他和心爱的表姐郗道茂只能离婚。

离开挚爱，痛彻心扉。相传王献之送郗道茂坐船回娘家。二人于渡口分别。此渡口名为"桃叶渡"。

他们执手相望泪眼，无语哽噎。朝朝暮暮逝如流水，情短梦长别如烟花，一切的美好都到此结束，虽然他们很年轻，可那飘落的桃花，就像彼此枯萎了的情感。权力就这样粉碎了爱情，葬送了两个年轻人的幸福。

和公主结婚后，王献之的仕途虽然一帆风顺，但一直备受煎熬。残疾的双脚，令他难以忍受，失去爱人的痛苦，似乎无穷无尽。

离婚之后，因为父亲已经过世，家族式微，郗道茂只得投奔叔父，寄人篱下。她一生在爱情中痛苦挣扎，思念着王献之的点点滴滴，从此她的生活也没有了诗意，煎熬身心，无限凄凉。

郗道茂肆意消耗身体，泪水流尽，一生没有再嫁，30多岁就郁郁而终，一缕香魂返故乡，如花美眷，逝如流水。

碧云天，黄叶地，风雨祭流年，伤心忍痛的王献之与公主结婚之后，也没有了快乐，他独自在深夜徘徊，独自舔舐伤口。他在梦里，似乎看到了曾经的爱人的身影，可回归到现实，仍旧是痛苦难耐。

很多年之后，王献之与公主才有了一个女儿王神爱，后嫁给晋安帝司马德宗为皇后。此生王献之再无其他子女。及至王献之死后，才由族人做主过继了其兄王徽之之子。

王献之四十一岁时，纳了一房小妾，名唤桃叶。王献之很宠爱桃叶。《乐府诗集》记载，王献之曾为桃叶作诗："桃叶复桃叶，桃树连桃根。相怜两乐事，独使我殷勤。桃叶复桃叶，渡江不用楫。但渡无所苦，我自迎接汝。"

他思念的是谁呢？那就在桃叶渡无奈远行送别的佳人，她的背影烙印在王献之的心头，郗道茂这个名字，他从来不曾忘记。这一生他钟爱的人，都有了她的影子，这不是言情小说中的设定，而是历史的真实。爱就是这样，独一无二，天涯海角，盟心共守。

两年之后，公元386年，四十三岁的王献之，走到生命尽头。信奉道教的他，请道人主持祷告，他在弥留之际，回想起的，是此生最重要的人。他诉说了毕生遗憾："不觉有余事，唯忆与郗家离婚。"

如果当初王献之用王氏家族的命运作注，拒绝皇帝的指婚，将郗道茂留下，改写这样的结局，那就是另一番样子。王献之没有那般的决绝，性格使然，也是无可奈何。他的情真意深，也足以让墨迹流芳，没有几个人能够如此，富贵名利不足喜，唯将爱字，浸入心魂。

他写下的最动情的字，都是她的影子。

天若有情天亦老。

人生一场秋雨，所幸有你

『此情可待成追忆，只是当时已惘然。』

情是世上最难述说的，哀怨苦恼、忧愁喜悲，所有的一切都缠绕在人心之中，反复颠倒，迷幻千姿。

在中国文学史上，若论情诗的写作，李商隐是其中翘楚。

但谁会想到，这个在诗歌里风流无限的男子，竟是天下难得的有情人。

寄件人：

李商隐

商隐启：两日前，于张评事处伏睹手笔，兼评事传指意，于乐籍中赐一人，以

备纫补。某悼伤以来，光阴未几。梧桐半死，方有述哀；灵光独存，且兼多病。

眷言息胤，不暇提携。或小于叔夜之男，或幼于伯喈之女。检庾信荀娘之启，

常有酸辛；咏陶潜通子之诗，每嗟漂泊。

节选自李商隐《上河东公启》

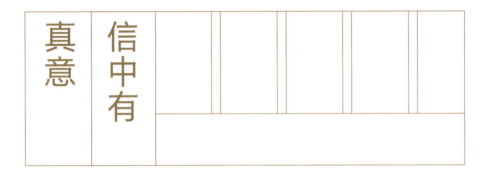

真意　信中有

前两天，我在张评事那里看到了您的手书，得知大人您有意赏赐一名乐籍女子，为我缝补衣衫，照料我的生活。

妻子亡故，还没有几日。我像半死的梧桐，独活于世，苟延残喘。

想念子女，却没有工夫照顾，可怜他们都还那么小。每每看到庾信写给妻子的书信，心中满是酸苦，读到陶渊明写给幼子的诗，就叹息自己在外漂泊。

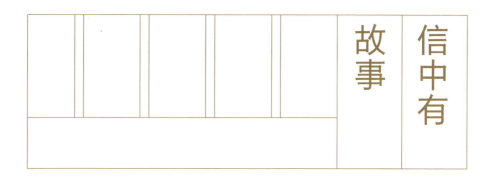

信中有故事

　　公元851年，人到中年的李商隐，走入人生的至暗时刻。他的妻子王晏媄，因病离开人世。"梧桐半死，方有述哀；灵光独存，且兼多病"，他生命的一半已流逝了，曾经情深似海，而今阴阳两隔，缠绵不断的情意是李商隐诗中的结，痛苦淹没了他。可是他必须再活下去，人到中年，他一边为生计奔波，一边还要照料年幼的子女。

　　这个时候，剑南东川节度使柳仲郢，邀请他到四川为自己做事。柳仲郢见他孤身一人，生活都难以自理，要把官府的乐伎赏赐给他做妾室。李商隐听说后，写下了这封信。他已经经历了宦海沉浮，对于功名利禄已看得淡然了，而对聚少离多的妻子，他情意难忘，回忆往昔，百感交集。

　　公元838年，25岁的李商隐遇到了王晏媄。王晏媄，是泾原节度使王茂元的女儿。王茂元欣赏李商隐的才华，邀请他到甘肃泾川做自己的幕僚。

　　李商隐是个没有童年的人。父亲在他九岁时过世，身为长子的他，担负起养活一家老小的责任。少年时代，他靠舂米和抄书补贴家用。纵然李商隐才华横溢，文辞华丽，典雅蕴籍，博通骈文，亦能自成诗格，可是卑微的出身，使他

在科举道路上举步维艰。

唐朝的科举考试还是要拼家世背景或有名人举荐，在开考之前很多考生都动用了诸多关系,可李商隐并不热心于交际,屡次科举失败,他虽感觉到不公,但并没有放弃理想。

当时有权位的令狐楚欣赏李商隐的文才, 对其十分器重, 让李商隐与其子令狐绚等交游, 亲自授以今体章奏之学, 并"岁给资装, 令随计上都"。令狐楚可说是李商隐的老师, 对他有非常重要的帮助, 有知遇之恩。

李商隐参加科举考试, 同样去参加考试的令狐楚的儿子令狐绚考上了, 可李商隐仍旧落第。这当然不是李商隐的学识才华不及令狐绚, 而是他没有得力的人来举荐。李商隐不得不四处奔波求职, 幸而令狐父子给予一定助力, 后来李商隐终于考上了进士。

令狐楚病重, 召李商隐来探望, 令狐绚还希望能够让李商隐入幕, 成为幕僚。但是李商隐因为看望母亲等事，在长安逗留，与令狐家有一些误会。李商隐并不是忘恩负义之人，而后来的一件事，更加重了李商隐与令狐绹之间的裂痕。

那就是李商隐受聘于王茂元的这份工作，成了王茂元的幕僚，这也无意间成就了他一生的姻缘。

王晏媄是个与众不同的名门闺秀。她欣赏这个清贫书生的满腹才情，丝毫不在意世俗意义上的"门当户对"，一心一意要嫁给他。李商隐的诗多为《无题》，婉转含蓄，恍惚迷离。他有着忧郁敏感细腻的内心，并不会看重王家门第，当他看出王晏媄的真心实意，就坚定地选择了她。长年寄人篱下的生活，让李商隐敏感而自卑，王晏媄像一缕阳光，照进了他的世界。

李商隐万万没有想到，这一段姻缘，使他的人生转变了方向，仕途竟从此更为艰难。

寄件人：

李商隐

闻道阊门萼绿华，昔年相望抵天涯。

岂知一夜秦楼客，偷看吴王苑内花。

节选自李商隐《无题二首》

当年常听到人们谈论天上的仙子萼绿华，总觉得太遥远了，好似相隔天涯。

哪知道此时此刻，我竟然也能成为座上宾客，得以窥见神仙般的容颜。

故事 信中有

　　这是李商隐的一首无题诗。他的诗作，朦胧缠绵，正是本人性格的写照。后人推测，这首诗描绘的是他与王晏媄初见时激动的心情。他从来没有想过这样美丽的女子将成为自己的妻子，欣喜万分。她也是李商隐的知音。收获了爱情，李商隐对人生充满期待。新婚后，他赶赴长安参加吏部的授官考试。接下来，现实的重锤砸向了他。这次考试，他在复审中被除名。

　　为什么呢？因为坊间流传他人品低劣。

　　《旧唐书》对李商隐这样评价：此人没有操守，恃才傲物，因此被当权者鄙薄，终身仕途坎坷。《新唐书》和《唐才子传》竟然也一致认为，李商隐忘恩负义，没有品德。古代的士人最重名誉，强调修身养性，品格高贵，方能齐家治国，诚然诗人未必皆是灵魂高贵之人，可李商隐的诗歌字字含情，缠绵至极。他为人内敛情深，怎么可能不注重品格呢？

　　李商隐究竟做了什么让天下人不齿的事情呢？

寄件人：

李商隐

所赖因依德宇，驰骤府庭。方思效命旌旄，不敢载怀乡土。锦茵象榻，石馆金台，

入则陪奉光尘，出则揣摩铅钝。兼之早岁，志在玄门，及到此都，更敦夙契。

自安衰薄，微得端倪。

至于南国妖姬，丛台妙妓，虽有涉于篇什，实不接于风流。……则恩优之理，

何以加焉。

节选自李商隐《上河东公启》

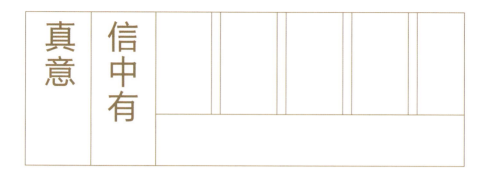

信中有真意

感谢您如此礼遇我，锦茵象榻，石馆金台。我又岂能不全心全意效命。

乐籍女子一事，实在是因为我早年曾经学道，又经历这多年坎坷，渐渐参悟了玄门奥义。对于男女情爱之事，已然没有任何追求。

以往诗中，虽有南国妖姬、歌台妙妓，那都是文思遐想，我实非风流之人。希望您能听到我恳切的愿望，收回之前赏赐乐籍女子的决定。

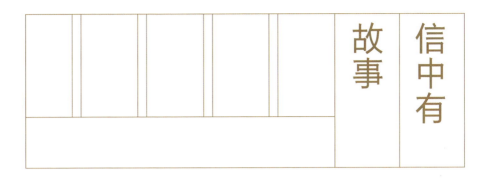

　　李商隐声名不佳，很少有雇主愿意聘请他。他珍惜这份来之不易的工作，却也坚定地拒绝了柳仲郢赏赐女子给他的好意。

　　一个无权无势的书生，怎么会招致天下人的非议？竟然是因为他和王晏媄的婚姻。人人都以为攀附名门就可以宦迹显达，一帆风顺，其实不然，官场之权斗极是凶险，对于一片真情、沉迷在艺术世界的诗人来说，有可能是一步不慎就满盘皆输。

　　李商隐生活的唐代晚期，大厦将倾，朝中大臣忙于派系斗争，史称"朋党之争"。当时，主要有"牛党"和"李党"两派。

　　李商隐16岁的时候，跟随令狐楚学习，令狐楚给予他很多学问上和物质上的帮助。令狐楚，正是"牛党"中的一员，而李商隐的岳父王茂元，则属于"李党"（有争议）。这样一来，他相当于受过"牛党"的恩惠，却要做"李党"的女婿。

　　其实，令狐楚去世之后，李商隐刚刚中了进士，但他没有正式被朝廷授予的官职，还需要养活一大家子人，这时令狐楚的儿子令狐绹只是一个小小的左拾遗，又因丁父忧免职。在这种情况下，李商隐要取得仕途上的依靠和经济

上的资助，就只能投靠某一节度使的门下去做些文字工作，这是很正常的现象，并不是忘恩负义。

而且，王茂元也曾与牛党人物多有交际，不少信还是托李商隐写的；而令狐楚的儿子令狐绹也没有认为李商隐是忘恩负义的人，他还为李商隐谋晋身之路（有争议）。

在李商隐结识王晏媄的时候，知道王茂元是李党，但李党也并非全无政绩，相反在晚唐时期也做过一些推动唐朝发展的事情。李商隐的选择有他的考虑，而不是全然随波逐流。

在政治和爱情之间，李商隐义无反顾地选择了爱情。

世人对李商隐误解很深，说他忘恩负义，说他风流轻佻。但是这一次，他没办法向所有人澄清自己。因为他现在已变成一个棋子。

事实上，他只是个简单的人，奈何遭遇时代的洪流。诗人掉进政客的世界，注定是一场悲剧。

为了赚钱养家，李商隐再次参加授官考试。结果他考上了秘书省校书郎，又受"牛党"排挤，外调做地方的小县尉。虽然只是小县尉，但李商隐秉公做事，为死刑犯减刑，又被排挤，他愤而辞官。在他的信念里，更多是为国家而努力，并非在党争之中获取利益。十几年间，他四处求职讨生活，夫妻聚少离多。面对生活上的落差，王晏媄没有丝毫怨言。

每当李商隐遭受不公正的待遇，王晏媄都会写信劝慰他、鼓励他，让他继续充满希望。

在李党失势的时候，他也仗义执言，而这些倒成为他被攻击的理由。所有的一切，包括与王晏媄的婚姻带给他的负担和压力，他都默默承受，而不是逃避，只因为他爱的是这个女人，而不是这个女人的背景和门第。

柳仲郢也与李党较近，他看李商隐折腾数十年，却一直处在卑微的地位，没有什么好的职位，甚至一度失业。他想伸出援手，送他一名官府乐伎，照料他的生活。但是，李商隐后来学道了悟，更加淡然，拒绝了再娶，他要坚守亡妻曾经的相知，他不爱她，就不会有这样的心理。

李商隐不是懦弱的文人，他很坚持自我的理念，"身无彩凤双飞翼，心有灵犀一点通"，他想要的知音，是一位能够对他不离不弃的灵魂伴侣，纵然生死相隔，依旧梦魂相思。

王晏媄恐怕是世界上最后一个懂他的人。她珍惜丈夫赤子般的天真，一点儿点儿帮他抚平创伤，还要引导他适应现实的生存法则。能写出好诗，风骨

气节是不可少的，而这些在现实黑暗的晚唐官场，坚持下去需要付出很大的代价。饱受歧视和误解，无止歇的心灵折磨，让李商隐时时感觉到痛苦失落。他那不平的书生意气，让王晏媄很担心，但她又劝丈夫不必烦忧，要拿定主意，要想方法应对现实的不如意。

李商隐在遥远的地方想念着妻子的样子，诗中经常会写闺怨悲情，这是他想象着妻子的情绪，她思念自己时的姿态神情，都投射在浪漫的诗意之间。

"东风无力百花残"，支撑他没有真正遁世，而是不断坚持、艰难地走下去的力量，更多是王晏媄给予的。

可如今，清贫而操劳的生活，让王晏媄的身体不堪重负。婚后的第 12 个年头，王晏媄带着无尽的思恋先走一步。

从她离开的那天起，李商隐的人生下起了秋雨，再无停息。

终其一生，李商隐没有再娶。他拒绝柳仲郢的好意，并非真的一心向道，而是世间再也不会有第二个王晏媄。没有谁可以取代她，曾经一起走过的点点滴滴，总会在不经意间浮现出来。

那年，

他客居在四川，

一个秋日夜雨，

李商隐以为妻子还活着，

还在盼着他回家。

李商隐

君问归期未有期，巴山夜雨涨秋池。

何当共剪西窗烛，却话巴山夜雨时。

出自李商隐《夜雨寄北》

真意	信中有					

你问我回家的日期，归期难定，今晚巴山下着大雨，雨水已涨满秋池。什么时候才能回到家乡，和你一起秉烛长谈，相互倾诉今宵巴山夜雨中的思念之情？

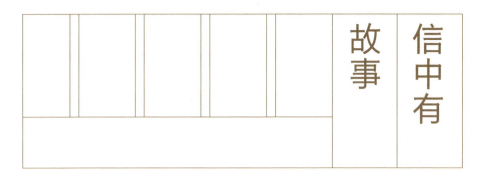

信中有
故事

生者和逝者, 在诗歌里重逢。

李商隐听着秋雨敲窗的声音, 幻想着干晏媄走过来问他 "什么时间回来", 他承诺会回去的。那天, 烛影波心, 含泪相叙, 彼此分离后的一切, 巴山夜雨的这一天会永远留驻, 因为思恋让时光逆往复来, 情深如许。

也许曾有无数次, 王晏媄来过他的梦里。

只是那一天的秋雨, 微凉入骨, 他们彼此执手, 眷恋深深, 相叙长久, 欢喜与共。她从来没有离开, 他也从来没有放弃。

他想告诉妻子, 对不住, 我这一生太不成功。谢谢你, 人生如一场秋雨, 但至少还有你, 化作微光温暖我。

深情以死

来句读

什么是真爱？面临生命危机、美色利诱都不为所动，那就是真爱。古人一次次印证了这句话。如果爱你，此情天地可知心，哪怕斧钺加身，亦不能放弃。

关于爱情的真挚，古代的中国人会拿梁山伯和祝英台的传说来比拟。而现代人，会用电影《泰坦尼克号》来举例。

一千多年前，一个真实的故事，与所有经典的爱情传奇相比，一点儿都不逊色。

乌林答氏

尝谓女之事夫，犹臣之事君。臣之事君，其心惟一，而后谓之忠；女之事夫，

其心惟一，而后谓之节。故曰，忠臣不事二君，贞女不更二夫，良以此也。

妾自揆蒲柳微躯，草茅贱质，荷蒙殿下不弃，得谐琴瑟之欢。奈何时运不齐，

命途多舛，打开水面鸳鸯，拆散花间鸾凤。

妾幼读诗书，颇知义命，非不谅坠楼之可嘉，见金之可愧。第欲投其鼠，恐

伤其器，是诚羝羊触藩，进退两难耳。

……妾既勉从，君危幸免。逆亮不知此意，以为移花就蝶，饥鱼吞饵矣。

……妾之死为纲常计，纵谕生忍辱，延残喘于一旦，受唾骂于万年，而甘聚

……麋奔鹨之诮，讵谓之有廉耻者乎！妾之一死，为后世『为臣不忠，为妇不节』

之劝也！

节选自乌林答氏《上雍王书》

真意　信中有

女子对丈夫的心，就好比忠臣对君王的心，是唯一的。

而你，就是我在这世上唯一爱的人。

忠臣不侍奉两个主君，贞洁的女人不经历两个丈夫，这样才是好的。

感谢上苍。

我无德无才，却能够成为你的妻子，这是三生修来的福气。

我们很幸福，有过一段美满的日子，那是我人生中最美好的时光。

但是好事多磨，原以为安安稳稳就能保全，可乱世中有太多无奈。

现在收到完颜亮的诏书，我们的处境实在进退两难。

我如果学石崇之妾绿珠，跳楼殉情，纵然保全了名节，可雍王你就危险了。可如果我顺从了完颜亮，名节不保，你也蒙羞。

实在是迫不得已啊，我只能先答应完颜亮的要求，然后在路上自杀。这样你可以脱掉干系，而我也保住了清白之躯。

请原谅我，就这样离开你。

人世间的事，总难两全。为你而死，我心甘情愿。

完颜亮罪恶滔天，人神共愤，迟早都会死于非命。

而雍王你，有才有德，应该积蓄实力，时刻准备取而代之。

如果能成功，务必要停止暴政，以仁义治天下。要知道，民心才是立国的根本。

我死不足惜，请你以大局为重。我在九泉之下，也一定会保佑你。

不要孤独，不要害怕，我一直都在你身边，一刻都不会离去。

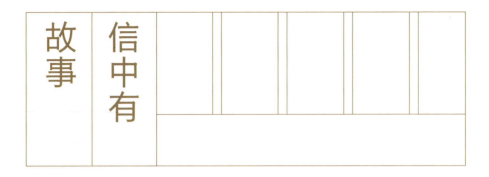

故事　信中有

这是女真女子乌林答氏，在中都（今北京）附近的良乡驿，写给丈夫完颜雍的信。

公元 12 世纪，女真人完颜氏建立金朝。其疆域南至淮河，北到今天的西伯利亚，与南宋和西夏并立。完颜雍是金朝创建者完颜阿骨打的孙子。因为能征善战，备受金熙宗信任。

青梅竹马，两小无猜，乌林答氏和完颜雍的故事开端，就像童话一样。两人在 5 岁的时候定亲，18 岁成婚。乌林答氏出身贵族家庭，《金史》中记载，她聪明娴静，极有主见。她谨慎小心做事，但并无妒忌之意，心胸较为宽广。

完颜雍虽然出身更为显赫，但 13 岁的时候，父亲去世，母亲出家为尼，成了孤儿。缺爱的童年，让他过早就懂得了皇家的残酷。幸好，他遇到了这个小姑娘乌林答氏。他们两小无猜，乌林答氏聪颖过人，她温柔地陪伴，细心地呵护，温暖了完颜雍孤独的少年时代。

乌林答氏与完颜氏有着通婚的传统，这样可以增加家族的实力。更重要的是乌林答氏与完颜雍之感情纯粹热烈，甘苦与共，心意相通。乌林答氏孝谨为人，得到宗族的敬重。

从小就经历了无数艰难的完颜雍，少年老成，精明干练，沉着冷静，智谋超群，在军队中很有威望。他杰出的才能，不同凡响的号召力，引起皇帝的忌惮。

长兄金熙宗在位的晚期，因忌惮其才华，而一度冷落完颜雍。

乌林答氏是丈夫的智囊，她知道一定要消除帝王的疑心，要韬光养晦，不能彰显野心。她建议完颜雍，将北宋皇帝的一条玉带，献给金熙宗。王者之物归王者，兄长的戒心慢慢得以消除。

乌林答氏明白在权力的角斗之中，亲情是脆弱的，要隐藏实力，才能在对方强势的形势下活下来。对于完颜雍来说，他的伤痛是由乌林答氏抚平的，他的事业也需要乌林答氏的支持。两人不仅是情深义重的夫妻，更是并肩作战的挚友。

乌林答氏很有主见，睿智聪颖，能够分析形势，在乌林答氏的精心提点之下，完颜雍始终没有被熙宗彻底打压。在金国，女人并未受到太多的约束，乌林答氏这样的贤内助，自然得到完颜雍的格外喜爱。每次乌林答氏生病，他总要亲自侍奉医药，数日不离开。夫妻的感情愈加深厚，成为彼此的最坚实的依靠。

可惜天意弄人，一场宫变竟改变了完颜雍的一生。

公元 1149 年，完颜雍的堂兄完颜亮弑君夺位，做了皇帝。等完颜亮获取大位，完颜雍又一次成为眼中钉、肉中刺。

完颜亮生性多疑，贪狠嗜杀。他特别好色，"无论亲疏，尽得天下绝色而妻之"，无论是兄弟还是臣子的妻子，他都要染指。他在位 12 年时间，完颜

雍战战兢兢，活着的每一天都像是偷来的。

乌林答氏建议完颜雍要忍耐，积累实力，终有一天他会成为金国的君主。在这之前，所有的痛苦都要承受，要把自己塑造成一个恭顺无能的兄弟，活下去才会有希望。

完颜雍是这样做的，他谦卑顺从，打消完颜亮的猜忌，才侥幸活了下来。

然而，可怕的事情还是发生了。

完颜雍被派往山东，担任当地的执政官。同一时间，乌林答氏收到了完颜亮的诏书，命她立即赶赴中都，侍奉左右。

乌林答氏进退两难。去，从此再无相见之日，丈夫将蒙受莫大的羞辱，但全家人可以活下来；不去，等于给完颜亮借口，以抗旨为由，对完颜雍整个家族斩草除根。

她知道这是完颜亮找的理由，意图羞辱完颜雍，让他没有机会再夺取帝位。她爱完颜雍，情深似海，绝不可能屈身侍敌。她想过像石崇的侍妾绿珠那般殉情，可如果她立即殉情，那么暴虐的完颜亮一定会杀掉完颜雍，这是她绝对不想看到的事。

这一年，完颜雍和乌林答氏刚刚 30 岁，他们已相伴 25 个春秋。从 5 岁相识到 18 岁成婚，一个女人最好的青春都给了完颜雍，而他们相知相许，又共度了 12 年的美好岁月，可是这一切就要结束了。

不能让完颜亮有杀掉丈夫的借口，但也不能让丈夫蒙羞，乌林答氏做出了一个决定。

乌林答氏没有和丈夫商量，自己踏上了去往中都的路。这一路上，她是可以选择逃走的，可如果那样，完颜雍是没有生机的。她准备随机应变，要让完颜亮找不到任何杀完颜雍的借口。

乌林答氏已经将可能发生的情形想过无数种，已做好了付出生命的准备。

到了良乡驿这个地方，队伍停下休整。

良乡驿在今天北京房山的良乡镇境内，距离中都城只有 70 里。乌林答氏选择在这里，写下了绝命书。

为什么要在这里？也许乌林答氏认为只要拖延了时间，完颜雍就可能有更多的机会去应变，而完颜亮也不会起疑心。每一点她都算到了，她的这封信是如何送出去的不得而知，可见她已事先做了很多周密的准备。

这一封绝笔信送出的当夜，乌林答氏逃过看守，投湖自尽。也许乌林答氏早已预料到，负责带她去中都的看守发现她自杀之后，为了害怕承担责任，会说成她是失足落水而死，完颜亮就不会再追究。乌林答氏也许想用这样的死法，最大限度保全丈夫的性命，消除他可能面临的危险。

情不知所起，一往而深。人的一生很难遇到真正爱你的人，最真挚的情感更多发生在年少之时，患难相守，没有任何的物质利益瓜葛，也不存在那么多自私　算计，就是为了爱你，我可放弃一切，哪怕是生命。

乌林答氏深明大义，她的信里处处写着，"为臣不忠，为妇不节"的事，她是不会做的。但她并非死于礼教，而是忠于爱情。以她的聪慧，当然明白，如果她不死，就会引起无数的纷争，会伤害她所爱的人，泣血椎心，写下绝命之词，宁可我去牺牲，也不让你受半点儿伤害。

人生也总要有一次是什么都不要，狠狠地爱一次，这才不负青春。

人不可堕落滥情，更不能失去少年曾经的纯真，那会让你学不会爱，也不敢再爱。有爱，人生才是完满的。以死证爱，乌林答氏用她的生命诠释了爱情的真谛。

对于完颜雍来说，他痛失至爱，伤心若死，但是英雄的他从心底也燃烧起复仇的烈火。他要当皇帝，也要为乌林答氏报仇雪恨。即使阴阳两隔，天涯海角，也会永远记在心中，他们已成为彼此生命中不可消逝的烙印。

公元1161年，完颜雍终于推翻了完颜亮的暴政，在辽阳称帝，他就是金世宗。

在金朝历史上，完颜雍是最有作为的一个皇帝，有"小尧舜"的美誉。他要重新建立一个强大的国家，把所有的心血都放在朝政治理上。他爱着的那个女人，却永远不会回来。他是孤独的帝王，也是永不负心的男人。

完颜雍成为皇帝之后，即追封乌林答氏为昭德皇后，后来从他登基到离世，将近30年时间，再未立过皇后。

皇后的位置，他始终留给乌林答氏。他们相戏于花间，患难之时，相知相许，她用生命印证了爱，而完颜雍也要用他全部的心血和努力，让逝去的妻子得到安慰，而他的心里唯一真爱的女人，也只有她——

与他一起长大，陪他历尽劫难，最终献祭于爱情的乌林答氏。

再大的风，我都去接你

遥远的距离，
也无法阻止我们心意相通。

不同的志向，
也不影响我钦佩你的才华。

再大的风浪，
也无法阻止我迎接你。

长路漫漫，
有一位挚友，
一个知己，
就不枉此生。

叁

人无绝交，就无至交

这是中国历史上最有名的一封绝交信。

作者是竹林七贤的灵魂人物，嵇康。

而收信人，也是竹林七贤之一，年龄最大的山涛。

此时的山涛，升了职，做了更大的官。

他想举荐老友嵇康，担任自己原来的官职。

嵇康非但没有丝毫感激，竟然给山涛写了这封绝交书。

足下昔称吾于颍川，吾常谓之知言。然经怪此意尚未熟悉于足下，何从便得之也？

前从河东还，显宗、阿都说足下议以吾自代，事虽不行，知足下故不知之。足下

傍通，多可而少怪；吾直性狭中，多所不堪，偶与足下相知耳。间闻足下迁，惕然不喜，

恐足下羞庖人之独割，引尸祝以自助，手荐鸾刀，漫之膻腥，故具为足下陈其可否。

……

性复疏懒，筋驽肉缓，头面常一月十五日不洗，不大闷痒，不能沐也。每常小便而

忍不起，令胞中略转乃起耳。

……

此犹禽鹿，少见驯育，则服从教制；长而见羁，则狂顾顿缨，赴蹈汤火；虽饰以金镳，

飨以嘉肴，愈思长林而志在丰草也。

……

夫人之相知，贵识其天性，因而济之。……不可自见好章甫，强越人以文冕也；己

……

嗜臭腐，养鸳雏以死鼠也。

野人有快炙背而美芹子者，欲献之至尊，虽有区区之意，亦已疏矣。愿足下勿似之。

其意如此，既以解足下，并以为别。嵇康白。

节选自嵇康《与山巨源绝交书》

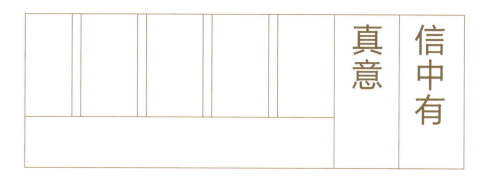

信中有

真意

你曾经对你叔父说，嵇康这人啊，是不会愿意出仕做官的。

我视这为知己之言。

可我最近倒是奇怪了，你是不是对我还是不够熟悉？

我从河东回来，他们都对我说，你打算让我来接替你曾经的官职，此事最后虽未成功，却也算知道了，你以往并非真正了解我。

你遇事善于应变，对人称赞多而批评少。

我这人性格直爽，气量狭窄，对很多事情就是不能忍受。

现在看来，只是很偶然跟你交上朋友罢了。

所以我听说你升官，就特别焦虑。

生怕你不好意思独享荣华，硬要拉我当助手。

就好比那厨师做饭，羞于一个人杀生，非要拉个祭师来帮忙。让我也手执屠刀，沾上一身的腥臊气味。

......

我这个人啊，性情比较懒散，筋骨迟钝，皮肉松弛。

头发和脸经常一个月、半个月不洗。如果不是身上发闷发痒，是绝不会洗澡的。小便也是，要憋到浑身颤抖，才愿意起身解决。

……

一只麋鹿，如果从小被捕来驯养，一定会服从主人的管教。

但如果是长大后才被抓来，它一定会疯狂地反抗，想要挣脱绳索，即便赴汤蹈火也在所不惜。

套上黄金的笼头，喂养精美的饲料，它一心思念的，还是那茂林和青草。

……

人与人之间能成为好友，最重要的是了解彼此的天性，然后成全他。

别因为自己爱华丽的帽子，就勉强别人戴。自己爱吃发馊的食物，就拿死耗子来喂鸟。

……

山野中人，晒太阳是最快乐的事，吃芹菜是最惬意的享受。但如果把这些东西献给君王，即便有拳拳之心，也像个笑话。

希望你不要像他们那样。

写这封信，既是为了跟你把事情说清楚，也是向你告别。

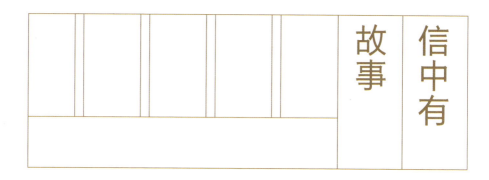

信中有故事

　　魏晋时期，是中国历史上最放飞天性的时代。战乱之后，礼崩乐坏，而一群人标榜名教，自抬身价，以取媚当权；一群人奔走游说，纵横恣肆，朝秦暮楚，依附高门。在这样的环境下，却也有不同流俗的贤士，他们追求自我的精神，越名教而任自然，恣性率情，隐隐以此不同流俗之举来对抗黑暗的潮流，有着极高的操守。

　　竹林七贤，就是其中的典型。七位才子，纵情山水、饮酒赋诗，甚至裸奔长啸，即使在今天也是行为出格的艺术家。他们有不同的人生道路的选择，阮籍在出世入世之间纠结反复；而嵇康更为超脱，赏心自然，隐居避世，多求心灵自在。

　　竹林七贤的主要发起者，正是嵇康和山涛。

　　山涛年长嵇康 20 岁，他丝毫不掩饰自己对这位小兄弟的仰慕，夸赞嵇康风姿超然，人品贵重，像傲然独立的青松。还向夫人透露，自己这一生只有两个真正的朋友，其中之一便是嵇康。

　　有人认为，嵇康的这封绝交信，对山涛是不小的伤害，十几年的交情毁于

一旦。但也有学者指出，山涛很了解嵇康，他不会强迫嵇康做不喜欢的事情。他曾经举荐过嵇康，但嵇康没有同意，也没有特别的反抗，但随着司马氏对曹氏的排挤，政局越来越昏暗，嵇康就需要找一个出口，所以写出"绝交"之书，并非拒绝山涛之友情，而是要以此信来堵住其他请求他入仕的人之口，嘲讽当时的世道风气。这到底是怎样的一封绝交信呢？

山涛是个温和仁厚的人，一直是竹林七贤的组织者和协调者。

《晋书》中记载，他先后两次担任吏部官员，山涛并不喜欢官场的尔虞我诈，他处事温和，有着绝对的底线，既然当了官，就要履责尽力，不会受人胁迫利诱，要将心摆正。他选拔和举荐的都是贤才，毫无偏私。唯有一人，山涛虽强烈反对，但因皇家任命被迫同意。这个人后来因为受贿，被撤职。

而嵇康，与山涛的性格截然相反。他狂放傲骄，对礼法不屑一顾。嵇康姿容俊美，文采斐然，偏偏不爱洗澡，满身跳蚤，还培养了一个打铁的爱好，甚至一度以打铁谋生。

嵇康满腹经纶，是非常有才学的人，本来是可以当官的，可是他铁骨铮铮，绝不向权位低头，厌弃官场的黑暗。这是他寻找自由真实人生的反映，不想以虚伪的面目苟活于世。他用一只麋鹿，比喻自己追逐自由的心。

但竹林七贤，真的远离世俗，找到自由了吗？

公元 254 年，曹操的重孙、14 岁的曹髦被立为皇帝，但魏国的实权早已掌握在司马氏手里。司马氏一直在寻找合适的机会，代曹而立，"司马昭之心，路人皆知"。为了追逐权力，曹氏和司马氏之间一直剑拔弩张。当时的士人，夹在两大势力之间，处境艰难。有些人干脆选择了隐居。

竹林七贤就是最有名的七位隐居者。

山涛 40 岁的时候，竟然背叛团队的理想，出仕做官了。

山涛的父亲和司马懿的夫人是表兄妹。按辈分来讲，山涛和司马懿的两个儿子司马师和司马昭是表兄弟。位高权重的司马师对山涛非常欣赏，把他比作姜子牙。于情于理，山涛没有办法不做官。

相比山涛，嵇康的身份就很尴尬。嵇康的妻子是曹操的曾孙女，长乐亭主。

他的身上已经被打上曹氏的符号。嵇康为天下名士，司马氏虽然数次拉拢他，但并不真正信任嵇康。

司马昭先欲礼聘他为幕府属官，他却跑到河东郡躲避征辟。司马昭又派宠臣司隶校尉钟会——"乘肥衣轻，宾从如云"的贵公子——在他打铁之际盛礼前去拜访，继续遭到他的冷遇。《晋书》记载"会以此憾之"。

谁都知道，司马氏权倾朝野，坐拥天下是早晚的事。嵇康对司马氏出言不逊，再加上妻子是曹家的人，他的处境岌岌可危。

随着政局越来越复杂昏暗，嵇康给山涛写了这封绝交信，其实，他是借此

向天下人表明自己的态度。嵇康列出自己有"七不堪""二不可",坚决拒绝出仕,远离黑暗官场。他提出的理由有些是很可笑的,比如不洗脸、不洗澡、喜欢睡懒觉,甚至懒到憋尿不去方便。他用如此尖刻辛辣的语句来点评自己,就是要让司马氏知道他的决心,同时也以简慢的行径来嘲讽世俗趋利的士子。

他说"山涛你当厨师,却拉我做祭师",可见他知道山涛也不想去做官,那是不光彩的事,仅仅是因为事出无奈,不得不去。

嵇康内心很清楚,山涛请他做官,是想通过这种方式保全他的性命。但嵇康并非苟且偷生之人。为了朋友的前途,他选择了绝交。当然这封信并非是针对山涛的,也不是真的要与山涛绝交。

虽然他们都有竹林贤士之名,又钟爱庄子的学说,但每个人都有不同的人生选择。嵇康借这封信来表达志向,表面上是拒绝山涛的好意,其实是狠

狠挖苦了司马氏。

嵇康其实是极有修养的人，从来喜怒不形于色，深受道家思想的影响，不会沉迷在名利权位之中，但在关键时候，他敢于说话，这源于他对信念的执着与坚定不移的骨气。他在挑战司马氏的耐心，也表明绝不会退缩的意志。在触碰底线之时，他要说出自己的想法。

嵇康认为自己是"并介"之人，是甘居卑下、性情耿直，不能出仕做官的，而山涛则为"达人"，如山中高士，可以在出世与入世之中寻找平衡。其实，从根本上来说，嵇康与山涛都没有背弃自己的理想，嵇康要洁身自好，而山涛即使出仕，也没有做侮辱品格的事情。

写完这封信不到一年，嵇康就被司马氏找到借口，判处死刑。在监狱里，嵇康把自己的一双儿女托付给了山涛。

他告诉孩子们，有山涛伯伯叔在，你们在世上就不会孤单。

友情在心，生死相托。他们依旧是最了解彼此的朋友。相较来说，嵇康的精神更为纯粹，他用自己的生命诠释了什么是自由和真诚，自然的真情，不是虚伪的名教。

一曲广陵散，痛彻人心，曲终命断，嵇康被杀。

嵇康死后，山涛将嵇康唯一的儿子视为己出，抚养长大。山涛不怕承担风险，哪怕风波险阻，也要让嵇康安息，绝交就是至交。

生死之际，相互成全。友谊的至高境界，莫过于此。

闪耀的双子星

诗之至情，知音难寻，伯牙子期，高山流水。

有一种友情是，看到他，就像看到自己。

千年前，闪耀在大唐的一对双子星，正是如此。

微之微之！不见足下面已三年矣，不得足下书欲二年矣，人生几何，离阔如此？

况以胶漆之心，置于胡越之身，进不得相合，退不能相忘，牵挛乖隔，各欲白

首。微之微之，如何如何！天实为之，谓之奈何！

仆初到浔阳时，有熊孺登来，得足下前年病甚时一札，上报疾状，次叙病心，

终论平生交分。且云：危惙之际，不暇及他，唯收数帙文章，封题其上曰：『他

日送达白二十二郎，便请以代书。』悲哉！微之于我也，其若是乎！

信中有真意

微之啊微之！分别已三载，收不到你的信两年，人生才多少时日，你我竟要这样蹉跎！

你我一心，却分别两地。进不能相合，退不能相忘。千山阻隔，眼看就要老了。微之，怎么办！天意如此，可怎么办！

我刚到浔阳时，熊孺登来访，带给我你前年病重时的一封短信。

信上说，你病危时，顾不上其他事，只收集了几包文章，嘱托家人：送交白二十二郎，就当是我给他的书信。

微之，你待我如此啊！

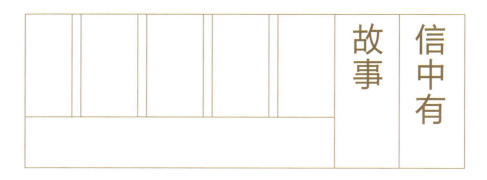

信中有
故事

　　唐朝有着大气雄浑的风范，无数诗人的理想志气被激发，唐诗有着磅礴的气势，寓千秋之高义，成就彪炳史册。中唐时期，朝政日非，一些诗人抱有文治的理想，却被现实碰个粉碎。公元 817 年，白居易被贬作江州司马的第三年，他给老朋友元稹写了这封信。此时的元稹也被贬到四川通州两年多。

　　这时候，他们已经相识 15 年。

　　公元 802 年，31 岁的白居易和 24 岁的元稹，在长安相识。两人都是来参加吏部考试的热血青年。

　　第二年，他们一起考试，一同登科，又一道分配做校书郎。那段时间，两人的工作是在皇家图书馆担任编辑。意气风发，苦学磨砺，四年时光，让两个学霸发现了一件事，这世界上竟然还有另一个自己。

　　他们都爱诗，都爱杜甫的诗，爱杜甫诗中的现实情怀，关注现实时事，能够纾民困，救民难。他们都想做官，做最好的官，为天下苍生做官。

　　少年得志，科举功名在身，共同在图书馆这样的知识宝库中遨游，这样的经历和职业让他们感觉很满意。虽然还没有经过现实的问题考验，也没有真

正进入复杂的实权争斗，但两人志同道合，有了个共同的信念，要为国家做一番事业。

当他们走入官场，各有险阻，互相支持，在最黑暗失落的时候，他们同时执笔着墨，写下一行行的诗作。

在文学领域，在中国文学史上，元稹和白居易合称"元白"。元白最耀眼的贡献是，他们倡导了一次文学史上的大变革：新乐府运动。

白居易提出"文章合为时而著，歌诗合为事而作"，文从字顺，去陈出新，让百姓都听得懂。这样的诗歌改革，并不是要失去诗歌的传统，相反是要传承千古的文脉，关注现实问题，并非是要浅白易懂，而是要有学问作底子，方能出于平淡自然。唐张为撰《诗人主客图》，将唐代诗人按作品内容和风格分为六类，各以一人为主。白居易列为第一类诗人之首，尊称为"广大教化主"。清代的著名学者、大诗论家翁方纲还将白居易的诗歌作为研究对象，从而丰富其梳理古代诗学历史的体系。元稹也同样支持新乐府运动，他抨击时政，要诗歌写当代的事情，抒写黎民百姓的生活。

白居易的《卖炭翁》和元稹的《织妇词》，生动地反映了唐朝的没落和底层人民的现实生活。他们要以文学来抒发感情，阐释思想，为天下苍生诉情表意。

文学的革新，是对精神的提升，往往会引发政治的革新。诗教的根本是能够有功于世，达到教化人心、有补时弊的目的。白居易与元稹也有志于此，他们也经常上书抨击权贵，为百姓说话，但是当时的皇帝唐宪宗并非有道明君，听信谄臣之言，白居易与元稹被贬。

他们是最好的朋友，以诗谱信，也成了彼此的寄托。

白二十二郎，就是白居易。相隔千里的两人，只能借诗，宣泄愤懑，互相安慰。

两人之间的书信往来，竟然有900多首诗篇，合集16卷，远远超过了他们写给家人的数量。

有一天，妻子看见元稹从外面回来，双眼含泪。家人都怕得要命，以为时局又有什么变动。后来才知道，是白居易来信了。

白居易曾在宫中值夜之时，想起被贬的元稹，就写了一封信，"心绪万端书两纸，欲封重读意迟迟"，他反复思量，信短情长，又提笔写了首诗。患难之时，有几人可为朋友啊。元稹接到信，有泪如倾，竟一时无法言语。

元稹曾经得罪了宫中掌权的宦官，要被皇帝贬谪，白居易立时上奏疏为元稹说话。无论在朝还是在野，他们都是最好的战友，不管遇到怎样的风险，都会站在一起。

对于这两个人而言，对方的书信就是精神食粮，不可或缺。真醇挚诚的友情，只有患难才能见人心。一首首诗歌，成为他们相互支撑、走过低谷的力量。

寄件人：

白居易

唐朝来信

及授校书郎时，已盈三四百首。或出示交友如足下辈，见皆谓之工，其实未窥

作者之域耳。自登朝来，年齿渐长，阅事渐多。每与人言，多询时务；每读书

史，多求理道。始知文章合为时而著，歌诗合为事而作。

……

微之，古人云：『穷则独善其身，达则兼济天下。』仆虽不肖，常师此语。大

丈夫所守者道，所待者时。时之来也，为云龙，为风鹏，勃然突然，陈力以出。

……

今所爱者，并世而生，独足下耳。然百千年后，安知复无如足下者出，而知爱

我诗哉？

节选自白居易《与元九书》

信中有真意

做校书郎的那些年，诗作足足有三四百首。拿出来给你看，你说我虽写得工巧，却不够有作者气质。

入朝为官以来，年龄渐长，经历的事情也越来越多。每每与人聊天，都在操心政事时局，次次看书读史，都想探求治国之道。

这才明白，文章合为时而著，歌诗合为事而作。

……

微之啊，古人说：不得用的时候，就自我修行，得用的时候，就要为天下人造福。

我虽然不贤，也常常以这两句话为行为准则。

大丈夫坚守的是圣贤大道，等待的是时机。时机到来，就是腾云的龙，搏风的鹏，生机勃勃，勇往直前。

……

如今这世上，爱我诗的，就只有你一人而已。

千百年后，不知有没有像你一样的人出现，喜爱并且懂我的诗呢？

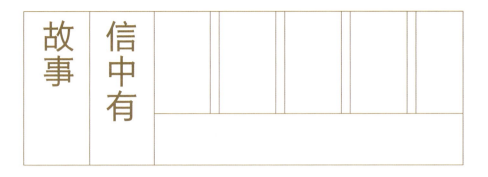

故事　信中有

公元 806 年，校书郎期满，白居易与元稹都选择了制举考试。这场考试让两人顺利进入仕途。制举是唐代专门的一种科举考试，为选拔专门的才智之士，非才情横溢之人不能应举。两人刚刚走上工作岗位，满怀理想，就要大展拳脚，以不负平生之志。

元稹初涉官场，就在几个月内，六七次上书弹劾权贵。白居易也是同样，不仅批评宰相，还举报封疆大吏。耿直之士不懂得斡旋，不明白利益制衡，正言直斥，力图补缺救弊。

白居易和元稹等人主张恢复古代采诗制度，传承《诗经》和汉魏乐府讽喻时事的特点，以发挥诗歌"补察时政""泄导人情"的作用。中国古典文学有道统和文统的观念，文学创作注重现实，作者要以济天下为志，通过文学来振奋人心，为革新时局注入强大的精神动力。

两人合作的新乐府诗集，成为大街小巷的潮流文学，其中的内容反映民间疾苦，揭露社会弊病，引得朝野上下一片哗然。唐朝的诗歌虽慷慨激昂，但亦多雍容气象，讲求传统诗学的温柔敦厚、文雅含蓄，有些是远离政事，不讲时务的。很多诗歌以文字炫技，并不能让普通百姓听得懂，而元白的诗歌能够让老百姓听明白、了解时局，这是一大惠政，也就由此引发一些朝廷权贵的不满。

梦想的翅膀，迅速被现实的疾风折断。

公元810年，元稹的事业走入低谷。他仗义执言，多次被贬官外放，甚至遭到殴打。白居易为元稹感到不公，屡屡站出来为他说话，但都没有结果。

5年后，官场失意的白居易和元稹，一个被贬江州，一个外放通州。

白居易曾写道："把君诗卷灯前读，诗尽灯残天未明。眼痛灭灯犹暗坐，逆风吹浪打船声。"为了读元稹的诗，他一直从夜晚读到天明，直至眼睛疼痛，灯火昏昏。元稹听说白居易被贬至九江，惊讶不已，卧病在床的他顾不得病痛，提笔写道："残灯无焰影幢幢，此夕闻君谪九江。垂死病中惊坐起，暗风吹雨入寒窗。"可见他有多么担心老友的情况。白居易收到这封信，感动至深，病中的元稹还在惦念着他。于是他不由得提笔写诗："不知忆我因何事，昨夜三更梦见君。"他们的深笃友情，不因噩运而消逝。

"今所爱者，并世而生，独足下耳。然百千年后，安知复无如足下者出，而知爱我诗哉？"白居易的诗歌理念也只有元稹能够明白，如同管叔与鲍牙之交，白居易的理想寄托在诗意的曲折隐晦之处，谱写了那个时代最真实的情况。元稹与他的唱和诗有相当高的史料价值，也有绝高的艺术价值。

以诗写史，为百姓写情，元白诗的字法虽貌似浅白，实则精深，叙事明白晓畅。在文学理念上，元白的新乐府运动，引领了唐诗的一代风潮。

在炎热潮湿的蜀地，元稹染上了疟疾，差点儿丢了性命。不论怎样的磨难，

都不能让他们放弃创作诗歌，不会改变清平天下的志向，然而命运没有再给他们机会。

元稹和白居易的最后一次见面，是在洛阳。

元稹回京任职，特地去探访闲居洛阳的白居易。这时候，元稹 50 岁，白居易 57 岁。没过两年，白居易就得到了元稹急病而亡的噩耗。

白居易为元稹写了祭文，悲从中来。从此在路上，只有他一人独行，知交已逝，再无知音可以在秋风飒飒之时，唱和他的诗作，彼此慰藉。白居易从此天涯孤零，漂泊无依。

寄件人：

白居易

公虽不归，我应继往，安有形去而影在，皮亡而毛存者乎？呜呼微之！言尽于此。

尚飨。

节选自白居易《祭微之文》

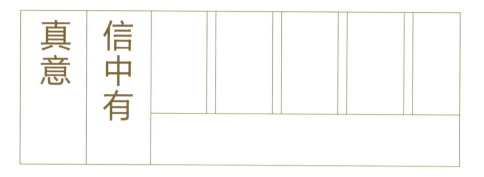

真意　信中有

你既然回不来，我就应跟随你而去。

就像身体没有了，影子怎么还会存在？

皮之不存，毛将焉附？

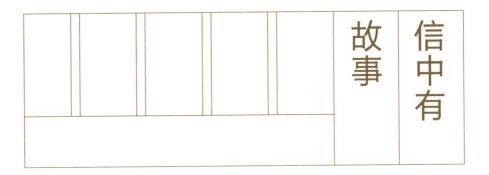

信中有故事

30 年同起同沉的友谊，一生有幸遇到的知己。失去了他，像丢掉了自己。

"元白"是文学上的双子星座，也是一生命运纠缠、风雨同舟的患难至交。

元稹去世的九年后，流浪在人间的白居易，写下了一句流传千古的悼亡诗：

君埋泉下泥销骨，我寄人间雪满头。

友情的另一种打开方式

亦敌亦友，君子之交，是友情的另一种境界。最了解你的人往往是你的敌人，但他也可能成为你的朋友。只要你们走的是正道，有着共同的目标，就会惺惺相惜。

在中国历史上，王安石和司马光，就是这样的典范。

寄件人：	北宋来信
王安石	

某启：昨日蒙教，窃以为与君实游处相好之日久，而议事每不合，所操之术多异故也。虽欲强聒，终必不蒙见察，故略上报，不复一一自辨。

……今君实所以见教者，以为侵官、生事、征利、拒谏，以致天下怨谤也。某则以谓受命于人主，议法度而修之于朝廷，以授之于有司，不为侵官；举先王之政，以兴利除弊，不为生事；为天下理财，不为征利；辟邪说，难壬人，不为拒谏。

至于怨诽之多，则固前知其如此也。

人习于苟且非一日，士大夫多以不恤国事、同俗自媚于众为善。

……如君实责我以在位久，未能助上大有为，以膏泽斯民，则某知罪矣；如曰今日当一切不事事，守前所为而已，则非某之所敢知。

无由会晤，不任区区向往之至！

节选自王安石《答司马谏议书》

信中有真意

昨天，收到您的来信。与您交往的日子虽久，但议论起政事来，意见常常不一致，这恐怕是因为我们所持的主张，大多不同。

想向您啰唆几句，但终究您是不会接受的。

……您认为我推行新法，削弱了官吏的职权，制造各种事端，侵占百姓财物，还拒绝接受不同意见，因而招致天下人的怨恨和诽谤。我接受了皇帝的任命，修正国家的法令制度，再交给专职的官吏去执行，这不能算是削弱官吏的权力。

施行历代贤君的政策，兴办对天下有利的事业，消除种种弊病，这不能算是制造事端。

整顿财政，这也不能算是和百姓争夺财利。

抨击不当的言论，驳斥无理之人，这也不能算是拒绝接受规劝吧。

至于对我的诸多诽谤和怨恨，我早就料到了。

人们习惯于苟且偷安、得过且过，已不是一两天了。

如果您责备我，是因为我任职这么久，没能为国家干一番大事业，让老百姓得到些好处，那么，我承认自己有罪。

如果说我现在什么都不做，墨守前人的陈规旧法，那我不能认同。

……

没有机会与您见面，但内心对您仰慕至极。

宋朝统治者设置了庞大的官僚机构，官员不仅能够享受优渥的待遇、较高的俸禄，还能够免除徭役、减免赋税，大大增加了国家的财政负担。而辽国和西夏连年对宋朝用兵，宋朝不断地纳绢交贡，再加上庞大的军费支出，使得宋朝的人民生活很艰难，压力太大，到宋仁宗之时，民间的赋税已相较宋初增加了数倍。公元1067年，宋神宗继位。面对宋朝积贫积弱的困境，年轻的皇帝力排众议，起用王安石，推行变法。

国库空虚，民力疲惫，内忧外患不断，为革除弊端，王安石意气风发，他有一整套的施政理论及办法。王安石变法包括了一系列的施政方略：农田水利法、方田均税法、青苗法、均输法、市易法、保甲法，等等，宗旨是通打击地主的利益，减轻农民的负担。他改革的领域之广、力度之大，前所未有。新法引起了激烈的争议，反对者众多。

王安石的改革涉及经济、社会等多方面的利益格局，触及一部分大官僚、大地主及大商人的利益，这使得他的变法引发了一些人的抵触。

他的老朋友司马光，就是反对派的代表。司马光是宋代的史学家，他并非反对革新，而是主张考究历史得失，通过温和而不失传统的方式进行渐进式的改革，同时他更重视提振民心，要为世道人心寻找失落的精神源泉。显然他与那些纯粹为私利而弃大义、反对王安石变法的官僚是不一样的。

此时的王安石位同宰相，司马光任御史中丞。两人因政见不合，关系陷入了僵局。

司马光曾经写信给王安石，劝其废除新法。涉及改革运作需要多方面的支撑，而法治的落实是需要人去执行的，可已形成的传统机制仿佛一张大网，改变并非一朝一夕之事。司马光并非不支持变革，甚至在变法开始，有大臣对王安石的变法进行攻击之时，他还为王安石说话。只是司马光更赞成节流，觉得王安石激进的变法会引发一系列的矛盾，有可能会起到反作用，不能够达到预想的效果。

王安石一直没有回信，他太了解彼此，自己不可能改变，而司马光也不可能被说服。

当收到司马光的第三封信，王安石才写了这封回信。

司马光比王安石大两岁，两人都在21岁时中进士。宋神宗继位之前，两人同朝为官，与欧阳修、包拯等都是好友。然而，两个满腹经纶的朋友，性格却截然相反。王安石固执、激进，司马光沉稳、老到。他们非常了解彼此的性格，知道大家都有一个共同的理想，那就是希望江山社稷永固，天下百姓能过上好日子，也都赞同变革，但方法和思路完全不同。

王安石推行"青苗法"，当青黄不接之时，朝廷以较低的利息或实物贷款给农民，就抑制了民间高利贷的猖獗。初始实行这项措施的时候，是取得了一

定成效的，国家财政的收入有所增加。但是随着变法的深入，一些问题也就浮现出来了，比如官府很怕贫穷的农户还不上贷款，不肯贷款给他们，而将负担加在了富户的头上。还有一些贪官污吏不断加码，到最后贫户还的利息反而高了很多。

变法开始，司马光在观望。但第二年，司马光的态度就变了。变法措施过于激进，将给朝廷带来巨大的隐患。

司马光开始公开反对王安石的变法。宋代的士大夫都可以在朝堂上提出建议，特别是司马光身为御史，就是要对朝政缺失进行谏诤。

宋代重视士大夫，士大夫的地位相当高。很多宋代的士大夫都抱有一种关心现实、积极谏言的想法，于是，王安石与司马光这一对老朋友，就开始了面折廷争，不断互相辩论。

面对老友的质疑，王安石写信阐述自己的主张。他认为"施行历代贤君的政策，兴办对天下有利的事业，消除种种弊病，这不能算是制造事端。"他要做一番事业，哪里能够不得罪人，要拯救危难，就得使用激烈的手法，厉行变革，他希望与司马光解释明白，这是必须要走的一条路，哪怕是荆棘丛生。

王安石与司马光，在政治观点上水火不容，在朝堂争论不休。一心求变的宋神宗，无条件支持王安石，需要补充财政收入，更要澄清吏治，他希望做一位明君，能够治世得法，转变当前积贫积弱的朝局，使大宋成为一个更加富强兴盛的国家。敢破敢立的王安石，得到了皇帝的充分信任，并开始了大刀阔斧的改革。

接到了王安石的这封回信，司马光仍然坚持他的观点。无奈之下，司马光选择了辞官隐居。

寄件人：

司马光

……然光与介甫趣向虽殊，大归则同。介甫方欲得位，以行其道，泽天下之民；

光方欲辞位，以行其志，救天下之民，此所谓和而不同者也。故敢一陈其志，

以自达于介甫，以终益友之义，其舍之取之，则在介甫矣。

节选自司马光《与王介甫书》

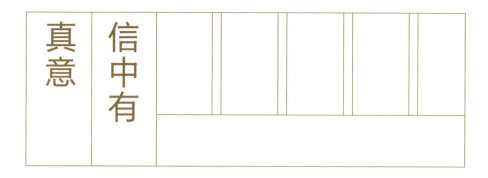

真意 信中有

我与你虽然想法不一致，但最终目的是一致的。

你正在你的职位上，实现你的理想，以拯救天下百姓；我已辞去我的职位，践行我的志向，以福泽天下苍生。

这就是所谓"和而不同"。

我把自己的想法讲给你，是尽朋友的道义。舍弃还是采纳，全在你了。

信中有
故事

司马光写了一封回信给王安石，他充分理解王安石的志向，正因为重视友情，他才会以写信的方式多次给王安石提醒，希望他放弃新法。如果实在没有能力改变王安石的想法，他选择以著书立说的方式，来实现抱负。

什么是友情？那就是纯粹的真挚感情，是更深入的了解，但不会放弃自己的观点。友情是友情，立场是立场，不能混为一谈。他们不是泛泛之交，也不会因为互相批评而彼此记恨，因为知道对方的初心都是为了国家，而不是私利。在原则性的问题面前，如果彼此是朋友，就会理解对方的用心，更不会为此出卖对方、换取利益。

司马光重视礼仪，但礼仪是立足于感情的基础上的，而不是空洞的说教。真正的好朋友，是能够说实话、尽忠言，不会看着对方掉进坑里去的。王安石和司马光各自的做人原则与立场是不会变的，这丝毫不影响他们的友情。两人绝非贪权好利之徒，而是站在更高的层面上，来看待问题。古人真挚的情谊、博大的胸怀，可见一斑。

从此，司马光远离朝堂，蜗居洛阳，开始编纂《资治通鉴》，笔耕不辍。这

部书详细记录了从先秦到五代的历史过程，总结施政经验，集中了古代中国的治理经验与政治思想，他这一写，就是 15 年。

王安石实行变法的第 5 年，百年不遇的大旱降临，生灵涂炭。群臣上书，太后哭诉，宋神宗犹豫不决。大刀阔斧的改革，已经很难继续推行。这年秋天，王安石被罢免。轰轰烈烈的变法，就这样走向转折，最后在 1085 年彻底结束。

1084 年，66 岁的司马光，被重新起用，身担要职。他主张要施仁政，但新的保守势力上台，是不会放过王安石的。就正如苏东坡所认为的，经过实践证明，新法之中有一些是比较好的举措是可以采用的，但他这个建议也被否定了。可见一旦王安石变法被认定为失败，那么，即使是有好的举措，也无法保留。太后也是保守派的支持者，那些曾经因变法而打压的政客，则又要对王安石加以报复。

1086 年，王安石郁郁而终。有人趁机诋毁王安石，被司马光阻止。他知道王安石的初心本意，他是为了国家，并非一己权欲。他一心富国强兵，但缺少对于吏治的考察，在实施之中发生了很多问题。王安石是一个堂堂正正、敢做敢为的人。

在司马光的心里，王安石是正直的人、值得尊敬的人。

君子和而不同，小人党同伐异。

两人的关系，正如王安石在书信结尾所描述的一般，他们都是没有计较过个人得失的君子，他们并没有怨言和仇恨，只有惺惺相惜之感，即使命运错会，也没有丢掉友情。因为，人活一世，有一个知交难得，这才是最宝贵的财富。

赠你一朵小红花

在台北故宫博物院，收藏着清代康熙皇帝批复的奏折。

『知道了』，是出镜率最高的句子。

无数个『知道了』之中，有一个最别致。

三个字的右上角，有一朵小小的红花。

这小红花的背后，隐藏着一个帝王内心深处，最深沉的友情。

寄件人：

玄烨

清朝来信

小心！土茯苓可以代茶，常常吃去亦好。

惟疥不宜服药，倘毒入内，后来恐成大麻风症。出海水外，千万不能治。小心！

出自康熙皇帝玄烨写给曹寅的密信

得疥疮的时候，不适合吃药！

如果毒气侵入体内，有恶化成麻风病的危险。一定要用海水浸泡，其他治疗方法都不合适。

小心啊！一定要小心！用土茯苓泡茶喝，直接吃也是好的。

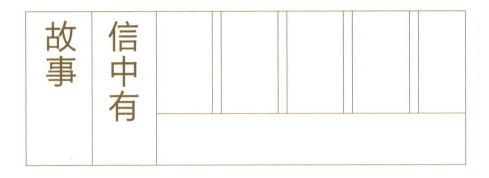

信中有
故事

紧张、着急，是谁让高高在上的康熙皇帝如此失态？这样的叮嘱，出自康熙皇帝写给发小曹寅的密信。

曹寅，正是《红楼梦》的作者曹雪芹的爷爷。此时的曹寅，监管着清廷在江南的两大衙门——江宁织造和两淮盐政。

清代，皇室的孩子一出生就会离开母亲，交给保母抚养。孩子与保母的关系，往往比生母还要亲近。曹寅的母亲，正是康熙的保母之一。

康熙和曹寅是名副其实的发小。曹寅聪慧好学，少年时代曾做过康熙的伴读和侍卫。

帝王身处权力的顶峰，信任之人少之又少，朋友就更难得。康熙虽贵为皇帝，却很孤独，并没有人可以陪伴他成长。清代皇室教育极严，皇子三更天就要去尚书房读书。作为皇帝，宫中的规矩更严格，他的举止行动都有要求。所有的人都是他的臣民，对皇帝要有尊卑之别，执着严格的礼数。康熙很少能有知心知意的人，陪他说说心里话。曹寅就是能够陪他说话的发小，这份感情是从一出娘胎，两个人就注定了的。

曹寅对于康熙而言，不仅是朋友，还是心腹。曹寅的饮食起居，特别是遇上事，或是生了病，康熙都很关心。他的殷殷嘱咐，寄托着儿时的情意。

清初立国，当时的江南并不平静，康熙需要一个得力又可靠的人去帮他观察风色，而久在深宫的他也想知道外面的风土人情，察政补缺。曹寅就担任了这个重职，康熙皇帝希望曹寅能够做出一番事业，因为这可是他最为信任的朋友。

32 岁的时候，曹寅被康熙派往江南，掌管苏州织造局，两年后执掌江宁织造局。

这两个都是肥缺，曹寅不敢懈怠，兢兢业业，做好他的工作。康熙巡幸江南，驻跸在曹家，曹寅负责接驾，显赫一时。

《红楼梦》里写了贾府鲜花着锦、烈火烹油的鼎盛时光，年幼的曹雪芹也许从小就听闻过那些江南旧事，将浮光流影般的繁华写入了书中。

作为皇帝的朋友，曹寅文才出众，擅长诗歌，他做事小心谨慎，勤于职守，多有建树。

康熙皇帝了解他，知道他的文艺兴趣，就让他编纂刊刻《全唐诗》。曹寅也常会和康熙皇帝说说他的所见所闻，虽然为君臣，却情同朋友，常常畅谈国事。

玄烨

小心。小心。小心。

倘有疑难之事，可以密折请旨。凡奏折不可令人写，但有风声，关系匪浅。小心。

出自康熙皇帝的朱批

如果有什么困难的事情，可以写密折请旨。

奏折可不能让外人代笔，但凡传出一点儿风声，兹事体大，小心，小心，小心啊！

信中有
故事

这是康熙皇帝的朱批，写在曹寅的密折上。今天读来，很难和康熙伟岸的帝王形象联系在一起。其实，这份奏折非常重要，康熙皇帝给曹寅一个重要的任务，就是让他能够将江南的一些见闻，事无巨细以密折的方式告诉他，曹寅也是康熙在江南的耳目。

曹寅到江宁织造局就任后，就经常以密折形式向康熙皇帝讲述他在江南的所见所闻，康熙也常有叮嘱告诫。如果曹寅有困难，他也尽量帮助解决。康熙与雍正不同，雍正有的奏折批示达几百字，而康熙更多是寥寥数笔，但他也只有在给曹寅的奏折上，会有特别的礼物。

心情好的时候，童心大起的康熙皇帝，会在"朕知道了"的边上画一朵小红花。这是他给曹寅的专属福利。

江宁是今天的南京。康熙时期，江宁、苏州和杭州三个织造局以江宁为首。"三织造"不仅为皇室供应丝绸，同时作为内务府的派驻机构，实际上也监控着江南大大小小的官吏。康熙将如此重要的职责托付给曹寅，其中的信任无人可比。

　　康熙始终对于曹寅非常放心，他们是幼时的朋友，除了君臣之义，也有相知之情。

　　康熙 6 次南巡，其中有 4 次都住在曹寅家中。为官 30 余年，曹寅一直担负至关重要的职责，管控丝绸和食盐、督造货币、押运赈灾的粮食、修建皇家行宫，这些事务都关乎国运。

　　有学者说《红楼梦》里"元春省亲"场面的描写，就是借鉴了曹家曾经在江南接驾时的盛况。皇帝的宠信让曹家走向鼎盛，也埋下了后来的祸端。曹寅是很重情的，他的诗集《楝亭集》，抒心写意，时不时也有感叹时事之处。随着权势的膨胀，曹家的后代子孙未必能够体谅祖辈创业的不易，而是多为坐享尊荣之人，也就难免会走了下坡路。

寄件人：	清朝来信
玄烨	

万嘱！

连吃二服，可以出根。若不是疟疾，此药用不得，须要认真。万嘱，万嘱，万嘱，

用二钱末，酒调服。若轻了些，再吃一服，必要住的。住后或一钱，或八分，

数，须要小心。曹寅元肯吃人参，今得此病，亦是人参中来的。金鸡拿专治疟疾。

痢，还无妨。若转了病，此药用不得。南方庸医，每每用补济，而伤人者不计其

尔奏得好。今欲赐治疟疾的药，恐迟延，所以赐驿马星夜赶去。但疟疾若未转泄

出自康熙皇帝写给曹寅内兄李煦的密折

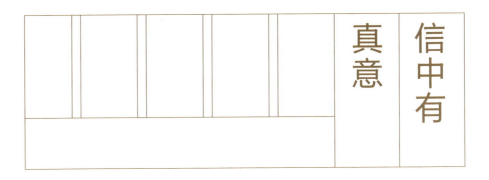

信中有真意

你的奏折很及时，朕即刻赏赐你治疗疟疾的药。

朕担心路上耽误时间，所以准许驿马连夜送药。如果疟疾还没有转变成泻痢，就没有大碍，如果转变成痢疾，这个药啊，就不管用了。

南方的那些庸医，每次开药只开补药，误诊的人不计其数，你们一定要小心! 金鸡纳霜是专门治疗疟疾的药，只需二钱的量即可，用酒调开服用。

如果药量不够，就再服一次，应该能够止泻的。

止泻之后，用一钱或者八分的药量，连续服用两次，就可以药到病除。

如果不是疟疾，就不能吃这个药。万嘱! 万嘱! 万嘱! 万嘱!

第三章　再大的风，我都去接你　　　195

康熙 59 岁这年，曹寅患上风寒，又转为疟疾。他的内兄李煦给康熙上密折，说了曹寅的病情。曹寅已经年迈，那时的疟疾，并不是很好医治。

康熙看了密折，心急如焚，命人将这封信和救命药火速送往江南。他在信里反复强调如何诊治，甚至连金鸡纳等药材怎么用也一一说明，千万叮嘱。他太想念曹寅了，生怕这从小结交的朋友，就这样离开他。

然而，药还没送到，曹寅就去世了。

爱屋及乌，康熙对曹寅的后人，给予了很多越规的恩惠。

他先是让曹寅的独子曹颙负责江宁织造局，不料一年半后，曹颙猝死。康熙又亲自安排，把曹寅的侄子曹𫖮过继给曹寅，承继江宁织造一职。其实，当时康熙也未必不知道曹家的一些后人并非有才德的能臣，可他一再宽待、时时提点曹家的人，他多么希望能够将这份友情保持永久。

在给年轻人的一封折子里，康熙说了这样的话。

寄件人：

玄烨

朕安。尔虽无知小孩，但所关非细，念尔父出力年久，故特恩至此。虽不管地

方之事，亦可以所闻大小事，照尔父密密奏闻，是与非朕自有洞鉴。就是笑话

也罢，叫老主子笑笑也好。

出自康熙皇帝给曹頫的密折

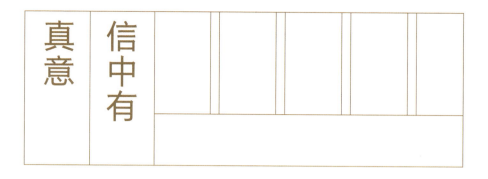

真意 信中有

你虽然还是个不懂事的孩子，但这无伤大雅。

你的父亲，为朕忙碌那么多年，所以直到现在，曹家都享有特殊的关照。

你虽然不用管理地方事务，但也可以把你的所见所闻，大大小小，像你的父亲一样，写信告诉朕。其中的是是非非呀，朕自有判断。

哪怕讲个笑话，让你的老主子高兴一下也好啊。

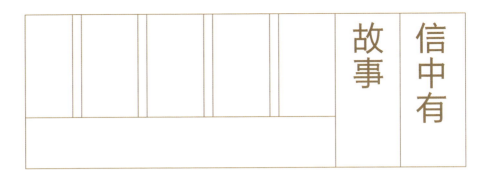

信中有
故事

失去挚友，帝王终究还是孤独的人。他希望曹家的后人也能够像曹寅一样对他说说江南的风俗、百官的行为得失，希望他们也一样重德有才，成为国家的良臣。

批复奏折的时候，康熙一定有过画画的冲动。他想在"知道了"的边上，再画上一朵小红花。但是，发小只有一个，小红花已经无人欣赏了。

再没有人懂得这位帝王的高处不胜寒，也不会有人为他分担这份生命里注定的孤寂，垂老的康熙，也许有一天会想起他与曹寅相伴玩耍、共同读书的童年和少年时代，那时是多么美好。

如果能够重来，也许他不会再想成为帝王，不会想要面对复杂的斗争，而是当一个普通的孩子，再画一朵小红花，送给发小曹寅，他们快乐地玩耍，直至永远。

倾尽所有，
只为
你归来

一千五百公里，并不遥远。

一句承诺，可以等待 20 年。

无法相见，无时不念。

友谊，可以跨越距离，超越时间。

季子平安否？便归来，平生万事，那堪回首！行路悠悠谁慰藉，母老家贫子幼。

记不起，从前杯酒。

……

只绝塞，苦寒难受。廿载包胥承一诺，盼乌头马角终相救。

置此札，君怀袖。

我亦飘零久！十年来，深恩负尽，死生师友。宿昔齐名非忝窃，只看杜陵消瘦，

曾不减，夜郎僝僽。薄命长辞知己别，问人生，到此凄凉否？千万恨，为君剖。

兄生辛未吾丁丑，共此时，冰霜摧折，早衰蒲柳。诗赋从今须少作，留取心魄

相守。但愿得，河清人寿！归日急翻行戍稿，把空名料理传身后。言不尽，观

顿首。

真意　信中有

兄弟啊，你平安吗？

要是你能回来，回首前尘往事，你如何能够承受！

昔日的朋友，如今已经形同陌路，谁还能安慰你啊！

……

你在边塞已经二十年了。

我要像春秋时期的申包胥救楚国那样，实现自己的诺言。就算等到乌鸦变白，骏马长角，也一定要救你回来。

我就以这首词代替书信，请你妥善保存不要忧愁。

十年来，我辜负了你的深情厚谊，至今还没能帮你脱离苦海。

我与你分别后，夫人也过世了。试问人生在世，到这步田地是何等凄凉！

我也想将千万种怨恨，向你倾诉啊。

你生于辛未年，而我生于丁丑，经过这么多年的风雪摧残，你我都老了。

从今日起，咱们都少作辞赋，多多保重吧。但愿黄河能变清，人也能长寿。

你若归来，定会着急翻阅戍边时写就的诗稿。把它们整理出来传给后世，即使只是身后的空名。

满腹的话语说不尽，我在此向你磕头行礼了。

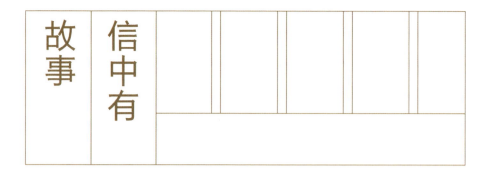

故事 信中有

死生契阔，莫如相知。

写信的人，名叫顾贞观。这封信，写给千里之外的好友吴兆骞。

一个在北京的千佛寺，忧心忡忡。另一个在黑龙江的宁古塔，命悬一线。两人都不知道，此生是否还有机会再见。

千里之遥，至交难见。顾贞观记挂的是吴兆骞的生死，又想着如何能够让他承受得住这样的坎坷命运。他提笔之时，泪落如雨，想着吴兆骞饱受摧残，在北风凛冽的宁古塔艰难谋生。对于一代才子吴兆骞来说，他遭受的不仅是身体的摧残，更是心灵的折磨，因为他是被冤枉的。

顾贞观，江苏无锡人，少年时代就加入了江南有名的文学社"慎交社"。这个社团由吴江人吴兆骞兄弟发起。

吴兆骞比顾贞观大6岁，两人性格完全不同。顾贞观谦和有礼，吴兆骞桀骜不驯。他们性格各异，可都是至情至性的少年，两个热爱文学的人，互相欣赏，结为知己。

年长的吴兆骞的性格却更为激进，他为人正直，学习刻苦，不屑做投机取

宁古塔
位于黑龙江省

巧之事，绝不会为权势左右。这是极有风骨的人。顾贞观最了解吴兆骞的为人，他们诗书相和，有着共同的志趣。顾贞观决定，无论吴兆骞遇到了怎样的坎坷困难，他都要陪着吴兆骞一同走下去。

谁也没有想到，他们的人生会因一场震惊全国的案件而改变。

清朝顺治十四年（公元 1657 年），吴兆骞通过了江南乡试，成为举人。

就在他即将一展宏图之际，这场考试被人举报了。

发榜后，有考生认为结果不公，直言这场考试"弊窦多端"，主考官贪财纳贿，公然允许考生互翻试卷。

无论古今，考试徇私舞弊，都是非常严重的事件。

顺治皇帝震怒，立即命令都察院会审。会审结果证实，果然有考官受贿徇私。这就是清初轰动朝野的"丁酉科场案"。这一次的科举考试对考生的心理影响甚大，纵然有人舞弊，却也有考生是寒窗苦读十载，是凭真本事考上的。但是这一件案子的处罚是一刀切的，不可能分得清楚那么多。

第二年，朝廷在北京瀛台召集所有考生复试。整个考场刀枪林立，每一位考生有两名侍卫看守。

年轻气盛的吴兆骞认为，如此对待清白之人，有失公允。自古以来的大诗人、文学家或是千秋高义的良臣，没有一位是没有气节的，没有骨气的。对于不公正的事情，是一定要表明底线和态度的。他在复试中交了白卷。

吴兆骞做梦也没有想到，这让他付出了一生的代价。丁酉科场案，最终由顺治皇帝亲自裁决。吴兆骞被判没收全部家产，流放黑龙江宁古塔。

一介书生本可以通过科举改变命运，可吴兆骞因为耿直仗义，成为罪犯。这是天大的冤枉，可是吴兆骞这种冤屈没有能洗清的机会，他这一去就是二十二年。

寄件人：

吴兆骞

塞外苦寒，四时冰雪，鸣镝呼风，哀笳带血，一身飘寄，双鬓渐星。妇复多病，一男两女，藜藿不充，回念老母，茕然在堂，迢递关河，归省无日。

出自吴兆骞于塞外写予顾贞观的信

　　塞外苦寒，一年四季都是风雪。边关不宁，箭鸣不断，哀笛泣血。

　　孤身飘零，两鬓斑白。夫人病重，几个孩子也填不饱肚子。想想家乡的老母亲，还在孤零零地等我。相隔万水千山，终究是回不去了。

信中有
故事

这是吴兆骞在塞外给顾贞观写的信。黑龙江的宁古塔是极寒冷之地，冰雪四季不消，边关也不安宁，会有祸乱出现，吴兆骞一介书生来到这样的地方，他备受煎熬，凄苦不已。他一朝成囚，别说什么朋友，就算是亲戚，也不会多与他往来，当他收到顾贞观的来信，无比激动，读了一遍又一遍。他在回信里，尽情述说了一切的痛苦。

在所有人的眼里，被流放的吴兆骞相当于被判死刑。许多流放犯人，还没到达宁古塔，就死在了路上。即使到了宁古塔，酷寒之地，也撑不了多久。他的亲友也没有给他多少资助。吴兆骞当然想回去，但这几乎是一个不可能完成的梦想。

顾贞观给了吴兆骞一个承诺——"我一定会救你回来"。顾贞观只是一个初登仕途的官员，他个人没有能力救出吴兆骞，可他一时一刻都没有忘记自己的誓言。他要用这誓言给吴兆骞活下去、坚持等候的希望，一定会有转机。

然而，这个案件是顺治皇帝钦定，没有人敢提出质疑。三年后，康熙皇帝继位，他对此案也一直没有不同意见。

顾贞观在康熙五年（公元 1666 年）中举，后来成为国史院的低级官员。人微言轻的他，一直在想法子，寻找位高权重之人帮忙。所有人都避之不及的事情，顾贞观却一定要做到。这是怎样的友情！

一些曾经和吴兆骞交好的人，已经在朝廷身居要职。顾贞观逐一拜访之后发现，没有人愿意因为这个案件而激怒皇帝。他们也许曾经与吴兆骞相识，甚至同科考试，或为诗书之友，但是没有一个人伸出援手，关键时候，人都是趋利避害的，他们只会自保。

人心是不忍直视的，世态炎凉，人情冷漠，这是难以改变的现实。可就算是这样，吴兆骞也不后悔，因为他坚守了做人的清白、品格的纯正。

康熙十五年（公元 1676 年），顾贞观 39 岁，吴兆骞已经 45 岁。在宁古塔煎熬了 17 年之后，他已经不抱回家的希望。他知道也许这一生都要在这极寒苦之地，承受刑罚，满头白发，直至抑郁而死。他不可能再见到年迈的母亲，更不可能再看到好朋友顾贞观。情感折磨是极端痛苦的煎熬，他已经选择了放弃，一切都没有希望了。

就在这一年，事情出现了转机。

顾贞观经人推荐，来到内阁大学士纳兰明珠府上做教师。纳兰家族与皇室有血缘之亲，纳兰明珠更是权倾朝野，这让顾贞观看到了希望。

顾贞观擅长写诗作词，与纳兰明珠的长子纳兰性德，互相欣赏，结为好友。纳兰性德的词作才气清灵，情致婉约，他也是极有性情的人。开始的时候，顾贞观就试探着向纳兰性德提出想救出吴兆骞的事情，但纳兰性德并没有在意。也许他觉得顾贞观与吴兆骞之间不过是普通的朋友之谊。

直到有一天，这位贵族公子读到了顾贞观写给吴兆骞的两首《金缕曲》。两人之间的情谊，令他潸然泪下。

这不是普通的友谊，而是千古难求之博大深刻的友情，时间已跨越了近二十年，而顾贞观与吴兆骞仅是相识一场的诗社友人，遇到滔天冤狱，牵连皇室，顾贞观居然毫不惜身，一诺千金，必要相救，哪怕遭受牵连。吴兆骞为人正直，却无辜受累，这又是何等的令人感佩！甚至，吴兆骞自己都放弃了，但是顾贞观仍在不断帮他，这世上哪里能有这样的友情，可是这是真实的存在的啊！

纳兰性德感动不已，他答应顾贞观，一定想方设法，营救吴兆骞。

他知道这个案件的利害，不敢鲁莽。纵然有清朝才子之誉，纵然是深得皇帝信任的宰相家公子，纳兰性德也没有把握能够帮助吴兆骞，毕竟天威难测！

纳兰性德请求父亲帮忙，找机会上书皇帝，解救吴兆骞。因为纳兰父子的斡旋，康熙皇帝读到了吴兆骞的边塞诗，颇为欣赏。

康熙皇帝觉得吴兆骞是真有才华，并非科场舞弊之人，他因交白卷，与朝堂法度有所违悖，可是他已然多年在宁古塔受过苦了。虽然经历过这么多的折磨，但他的诗文中仍旧有故国之意，有拳拳的报国之心。

公元 1681 年，50 岁的吴兆骞，终于被放还。

吴兆骞到纳兰明珠的府上拜谢，在一面墙上看到了一句题字，"顾梁汾为松陵才子吴汉槎屈膝处"。顾贞观为了营救自己，曾在这里下跪！吴兆骞泪落如雨，为了他的放还，顾贞观多年竭尽心力，这样的友情是无法用文字或言语来描述的，有着与生命同样的分量。

吴兆骞在宁古塔的难友们，几乎没有人能够重返家乡。一个人的一生，能有几个十年？又有哪个人，愿意花两个十年，去等待朋友的归来呢？

二十年，我没有负你，我是一个值得你交的朋友，更是你的知己。吴兆骞再次回顾这一生，他的坎坷之路有着一盏最温暖的明灯，就是顾贞观的支持。

这样的友情，是重于泰山，吴兆骞一生应无憾了，顾贞观真正诠释了什么是友情。

人生得一知己，死而无憾。人生有一挚友，永暖如春。

肆

古往今来，

大多数人都遵循约定俗成的规范，

行走在既定的轨道上。

这是孔夫子希望达到的人生境界。

『从心所欲不逾矩』，

这是一条孤独难行的路。

会与世俗有着很深的矛盾，

往往跟随内心声音、希望改变规则的人，

然而，

有这样一些人，

他们不同流俗，

特立独行。

他们用智慧之眼、勇敢之心，

点燃了一个时代的光。

孤独的路，勇敢的心

一个女权先锋的诞生

『人们将女人关在厨房里或者闺房内，却惊奇于她的视野有限；人们折断了她的翅膀，却哀叹她不会飞翔。』

法国女权运动先驱波伏娃，在她的著作《第二性》中，这样形容女性的困境。

波伏娃之前四百年，十六世纪的中国明代，一位男性竟然与她的观点不谋而合。

寄件人：

李贽

短见者只见得百年之内，或近而子孙，又近而一身而已；远见则超于形骸之外，

出乎死生之表，极千百千万亿劫不可算数譬喻之域是已。

……

故谓人有男女则可，谓见有男女岂可乎？谓见有长短则可，谓男子之见尽长，女

人之见尽短，又岂可乎？设使女人其身而男子其见，乐闻正论而知俗语之不足听，

乐学出世而知浮世之不足恋，则恐当世男子视之，皆当羞愧流汗，不敢出声矣。

此盖孔圣人所以周流天下，庶几一遇而不可得者，今反视之为短见之人，不亦冤

乎！冤不冤，与此人何与，但恐傍观者丑耳。

自今观之，邑姜以一妇人而足九人之数，不妨其与周、召、太公之流并列为十乱；

文母以一圣女而正《二南》之《风》，不嫌其与散宜生、太颠之辈并称为四友。……

此等若使闾巷小人闻之，尽当责以窥观之见，索以利女之贞，而以文母、邑姜为

罪人矣，岂不冤甚也哉！

节选自李贽《答以女人学道为见短书》

信中有真意

见识短的人，只能看到百年以内的事，或者更近，只看到自己。

有远见的人，则可以超脱形骸之外，看透生死之间，达到历经劫难也淡然自若的境界。

……

人有男女之别。

但如果说，见识也分男女，怎么可能？

见识有高低之分，说男子的见识全都高远，女人的见识全是短浅，岂不可笑？

倘若一个女人，乐于听到正论，乐于学习超脱世俗的佛道，明白俗世不值得留恋，恐怕当今世上的男子见着她，都该羞愧流汗。

这样的人，不正是孔圣人也希望遇到的人才吗？

可是现在，这样的人却被看作见识短浅的人，太冤枉了吧！

但是冤枉不冤枉，对于她本人没什么关系。

可耻的，出丑的，只是这些有偏见的旁观者罢了！

周武王之妻邑姜，与周公、召公、太公等人，并列武王时期的十个"治国贤臣"。

武王之母太姒，与名臣散宜生、太颠等并称"四友"。

可这些女子要是让市井小儿听说了，一定要求她们遵循三从四德，做个不出闺房、相夫教子的妇人。

如此对待太姒、邑姜这样的女子，岂不荒谬！

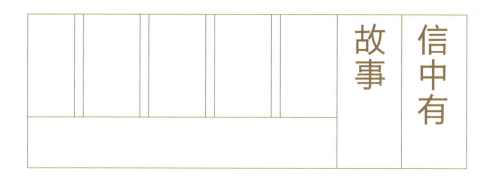

信中有故事

公元 1593 年，明万历二十一年，湖北麻城发生了一件大事。一个叫李贽的人在佛寺开堂讲学，一个叫梅澹然的寡妇前来听课。

400 多年前，这件事在社会上引起的轰动不亚于一场大地震。

李贽是出了名的狂人。12 岁的时候，他就公开撰写文章，挖苦孔子。接下来数十年，孟子、朱熹、周敦颐等儒学大师，一一被他讽刺。他认为人要保持一颗童心，童心是不矫饰的，是真实的，而很多人奔走科举考试，并非为国出谋，而不过是为一己私利。为了能够过上富贵的生活，他们不得不变成道学家，以虚伪的脸面来混得一官半职，世道由此而日趋衰落。

李贽认为人都有欲望，他虽受到王阳明的"心学"的影响，但"心学"只肯定人基本的生存欲望，是对儒学的调整。李贽就不同了，他肯定了人的一切欲望，欲望本是人性必有的内容，但只要能够保持童心，真实直面内心的需求，以自然的情感来做事，就不会使得伪君子横行。可以说李贽是一位敢于挑战传统的斗士，他批判儒家礼教，主张人人平等，希望大家保持一颗童心。老百姓想要满足其生活欲望，他认为这是"吾人禀赋之自然"，是不能改变的。

晚明之时，世道灰暗，无数人已成为欲望的奴才，奔走于豪门。李贽并非为这些碌碌之人来找理论根基，他的童心是发乎天性自然的善，是不加修饰地真诚面对人生问题。李贽认为人与人之间钩心斗角是当时的伦理纲常束缚人们的结果。礼法应该源自每个人的自然认同，万物本就是千差万别的，千万个人自然就有千万种想法，要顺从人的自由本性，礼法是发乎内心的，并不是固定僵化的教化，人们顺从礼法，本是循守内心的准则。

他尊重人的自然需求，不让人性扭曲，每每到了名教成为桎梏之时，文人们就会有这样的诉求，明朝的言官很多都挟威持重，抨击做事的能臣以博虚名，他们"平日袖手谈心性，临难一死报君王"，而并不关注实事应该如何解决，"笔下虽有千言，胸中实无一策"。到了晚明，礼法已演变成了三纲五常，女人必须为节妇烈女，否则就会被社会舆论抨击而死。

而富贾豪绅、权贵之家却律人严而待己宽，他们巧立名目鱼肉百姓，表面上名节大过天，暗地里没少乱谋利。

历经官场的沉浮，李贽看明白了一切，他曾将这一套顺应百姓要求的理论放在处理政务上，不务空谈，只谈实绩，取得了不错的成绩。他54岁辞官，后来移居麻城。他要建立一种新的文化思想，让人们能够坦然面对自然的欲望需求，以真实对待事情，希望人人平等，尊重每个人的思想。

他在佛寺设坛开讲，竟然公开剪去长发，招收的学生，更是男女不限。这是何等的惊世骇俗，他的课吸引了很多人来听讲。

前来求学的人中，就有一位叫梅澹然的大家闺秀。

女人进入学堂，如此"大逆不道"之事彻底激怒了卫道士，他们集中火力

220

向李贽开炮。更有一些所谓的"好心人"劝诫，妇女见识短浅，不值得教她们知识。面对这种情形，李贽给那些"好心"的朋友们写下了这封信。

古代的中国女性生活非常不易，她们经常成为男人的附庸，而当时的理念及传统要求，从小就会潜移默化给这些女子，这种情况明清时期尤甚。

明代士绅家的女子，7岁以后就不得与男性同桌吃饭，《闺戒》《闺范》和《列女传》是必修课程。女子的地位下降，就没有机会表达自己的诉求，也不能够展现才华。传统的礼教成为束缚女人发展的工具。如果一门可以研讨的学术变成了教条，而且不尊重人自身的生命价值，就让更多人无所适从，无法真实地面对自己，那就是空洞的灌输。

女人们被剥夺了反思的能力，也缺少了自树根基的动力，她们只能在陈旧的教条要求里不断自我压抑，不能有见识和思想。她们的正当的欲望诉求，得不到尊重，原本的鲜艳热烈的生活，也就成了一潭死水。李贽本人有较好的道德操守，他也从不提倡纵欲。因为纵欲并非真实与自然，反而是迷茫无知的表现。在他来看，女人们并不知道应该怎样才能拥有人的尊严，怎样走好人生之路，社会对她们没有温和与宽容。

女人以特有的姿态走入世界，并不是来当装饰品的，本应有对人生独立的思考与认识，但在社会的歧视和压力下，这一切都成了泡影。

在梅澹然生活的时代，一个游历中国的西班牙人在笔记中这样描述："在广州全城，除了一些轻佻的妓女和最底层的劳动妇女外，竟然看不到一个女人。"女人不能够接触社会的发展，也就变得愚昧而视野狭窄，她们只能相夫教子，完全依附在男人给予的生活里，这是一种枷锁，却无法摆脱。

当时有位姓宣的妇人，丈夫活着时经常殴打她。但丈夫过世后，她不得不与另一个寡妇一起自缢、殉夫，只因为社会要求她恪守妇道。古代的女子没有经济来源，她们不能有思想，所嫁非人，也只能认命，活成了一座牌坊。

宣氏只是《明史》里众多烈女中的一员。《古今图书集成》记载，明代像宣氏一样的节烈妇，不少于36000人。烈女甚至成为一个地方政绩的体现，没有人关注她们真实的感受。没有人愿意白白来世界上走一遭，但是时代和社会不允许女人活出风采。

寡妇梅澹然显然不屑于做烈女。她的父亲梅国桢，不仅做过兵部侍郎这样的高官，还是一位大文豪，也是李贽的朋友。梅家的显赫地位，把李贽和梅澹然推到了风口浪尖。

卫道士的眼中只能看到男女授受不亲，认为欲望是洪水猛兽，他们更不能看到更为高远的思想。在他们的心中，李贽的理论会将女人教坏，是社会变质的罪魁祸首。而梅澹然则是不知廉耻、抛头露面、不守妇道、败坏门风的人。

李贽从来不怕这些用唾沫攻击别人的小人，他支持梅澹然来听课。他希望更多的思想都能够有保留的空间，给社会带来一些新的活力。

李贽不推崇女性的贤良和妇德，而是发自内心地欣赏她们的智慧和能力，一直为女性争取与男性同等的地位。他很重感情，他追求的情不是在传统社会规范里的中规中矩之情，而是发自内心的人生至真至纯之情。

他欣赏梅澹然，称呼她为"澹然师"。他认为梅澹然"虽是女身"，却称得上"出世丈夫"，没有几个男人比得上她。

命运对梅澹然很刻薄。她订婚之后还没有过门，丈夫就夭亡了。从此她就孀居在家，为了摆脱被安排的婚姻，梅澹然选择了带发修行，这是那个时代的独身主义。如果她不出家，就必然更受欺凌，她以这种方式来抗争，但是她的青春韶华和真挚的感情付之东流。

梅澹然无法依靠佛学来平静自己的内心，只能承受着这样的命运，但从李贽讲的课中，她有了新的思考。她顶着舆论的压力，奉李贽为导师，与他研讨学问、往来通信。

正如有学者所论，李贽厌恶趋炎附势，而趋炎附势正是因为人性的"趋利避害"，所有的人际交往变成了利益的交换，"有君臣，而无朋友"。当他结识了梅澹然这位有着新思想的女中丈夫，深为感慨，觉得遇到了知己，并没有考虑所谓的"有伤风化"的俗世白眼。

李贽欣赏梅澹然的见识，他们是"彼以师默默事我，我亦以师敬之"的关系，他们只有书信的往来，是精神上的交流，找到了共同的思想追求。他对梅澹然没有丝毫的亵渎之意，在抗争那些非议时，他理直气壮，为什么男女之间不能正常交往呢？他认为女人的能力、思想并不比男人差，巾帼英杰、女中豪杰历历可数，而许多男人反而唯唯诺诺，瞻前顾后，浪费了人生，无所作为。

然而，这一切都不能被当时的社会接纳。公元1601年，李贽讲学的佛寺，被一场人为的火灾毁灭。

一年后，礼部一名叫张问达的官员上书万历皇帝，责难李贽，称其邪说惑众，罪大恶极。张问达痛斥了李贽的四大罪状，其中一条是"勾引士人妻女，入庵讲法"，指的就是梅澹然这桩公案。

76岁的李贽被判有罪。

而梅澹然，一个逆流而上的奇女子，相关史书仅用了四个字描述她的结局，"遭谤而死"，年仅 37 岁。

李贽写信给一位打算营救他的朋友，"牢狱之死，战场之死，团甘如饴也，兄何必救我也"。他针对晚明的黑暗社会现实，主张要学以致用。他认为"自然发乎情性则自然止乎礼义"，充分尊重人的主体性。中国古代的情感或依附于传统伦理，或媚于君权，很多人更是假借虚名而行实祸。因此，晚明时期的大作家汤显祖、冯梦龙等提出来"情教"的观念。李贽更为大胆激进，希望人们有更多的自由来表达情感的诉求。

一个早春的清晨，李贽用一把剃刀，结束了自己的生命。倔强一生的李贽，用这种轰轰烈烈的方式，完成了自己的殉道。

晚明诞生了李贽，却不配拥有李贽。

李贽的思想点亮了未来，可那个繁荣一时的明王朝，即将走到尽头。

单亲妈妈觉醒记

觉醒记

女汉子，是当今时代的新物种吗？答案是否定的。

顾若璞，这位生活在明末清初的杭州单亲妈妈，和今天任何一个女汉子相比，都毫不逊色。在一个压抑的环境里，坚强独立的生活，付出有多大？就让我们走近这位女汉子的心灵日记。

寄件人：

顾若璞

夫溘云逝，骨铄魂销，帷殡而哭，不知死之久矣。岂能视息人世，复有所谓『缘情靡丽』之作耶？

……

徒以死节易，守节难，有藐诸孤在，不敢不学古丸熊画荻者，以俟其成。

余日惴惴，惧终负初志，以不得从夫子子京也。于是酒浆组纴之瑕，陈发所藏书，自《四子》经传，以及《古史鉴》《皇明通纪》《大政纪》之属，日夜披览如不及。二子者从外传入，辄令篝灯从隅，为隐说我所明，更相率咿唔，至丙夜方罢，顾复乐之，诚不自知其瘁也。

日月渐多，闻见与积，圣经贤传，育德洗心，旁及《骚》《雅》，共诸词赋，游焉自焉，冀以自发其哀思，舒其愤闷，幸不底予幽忧之疾。而春鸟夏虫，感时流响，率尔操觚，藏者笥箧，虽然，亦不平鸣耳，讵敢方古班、左诸淑媛，取邯郸学步之诮也。

节选自顾若璞《与胞弟》

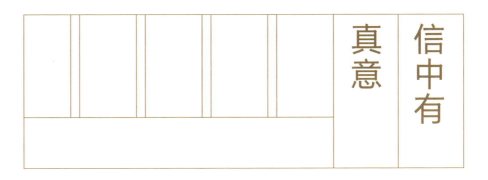

信中有真意

丈夫的离开，让我悲伤到了极点。

躲在殡所的帷帐后流泪，忘了他已经逝去多时。

我为什么还能活着，在这里继续"写诗作赋"呢？

为贞节而死简单，守贞节却不易。

孩子们还小，我要像唐代柳仲郢的母亲那样，用熊胆煎制药丸，帮助孩子强身健体。

学欧阳修的母亲，用树枝在地上写字，教孩子读书，一点儿一点儿地等待他们长大。

……

我一直惴惴不安，担心辜负丈夫最初的志向，将来九泉之下也没有颜面见他。

做饭织布之余，我就翻开家中收藏的书籍，从四书五经到古史鉴，《皇明通纪》和《大政纪》，日夜阅读，只觉得时间不够。

孩子们进来，我就让他们点亮灯笼，坐在屋中一角，给他们讲解我读书

的领悟。有时候，我还带着他们背书，到三更半夜才罢。我以此为乐，并不觉得疲倦。

时日一长，见识也一天天累积，这些圣贤之书，可以洗涤心性。

我还要读《诗经》《离骚》这样的诗赋，那些优游潇洒的词句，仿佛可以寄托心中的哀思，舒缓满怀的愤懑，不至于因为忧愁而生病。

春天鸟儿鸣唱，夏天虫儿唧唧，它们感应时节发出声响，我呢，也随性写下文章，藏在箱子里。虽然也是不平则鸣，但哪敢与古时候的班昭、左棻相比，就是邯郸学步罢了。

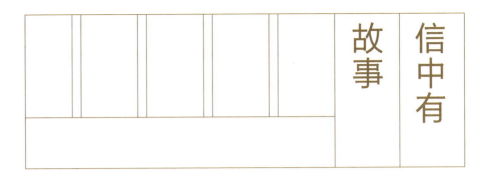

故事　信中有

这是晚明女诗人顾若璞写给弟弟顾若群的书信。 顾若璞是浙江钱塘人，出身书香门第，不仅博学多闻，才华满腹，更善于料理生计。顾若璞，15 岁时嫁给了同乡的贡生黄茂梧。

公元 1619 年，万历四十七年，顾若璞的丈夫撒手人寰，留下她和年幼的孩子。这一年，顾若璞 28 岁。

黄茂梧的父亲黄汝亨是万历二十六年的进士，官至江西布政司参议。黄茂梧以父亲为榜样，带着光宗耀祖的使命，参加了两次科举考试，但都以失利告终。古代的贡生们想要出头，只有一条路可以选，那就是参加科举考试。可是，明朝的科举考试是相当难的，有时还需要看师承、门第等。金榜题名的背后，不知有多少贫寒学子的挣扎。落第的人里亦有才子， 只不过他们的文章未必符合考官的口味。以分数定高低，那时就有了。如果放弃科举去从商，会受到歧视；如果成为农民、工匠，又要交苛捐杂税，难以维生。种种道路都被堵住了，所以黄茂梧也只能不断地参与科举考试。

屡战屡败让本来身体就不好的黄茂梧，内心越来越颓丧。31 岁这年，黄

茂梧第四次参加科举考试。然而，他还是金榜无名，这次失败彻底击垮了黄茂梧。第二年春天，黄茂梧因病离世。

老迈的父亲、年幼的儿女和一个前途未卜的大家庭，顾若璞该如何面对呢？

明清时期的女性对生活没有自主权。像顾若璞这样经历的女子，大多会迫于压力选择改嫁。依仗下一任丈夫，可以活得轻松安稳些。但是，顾若璞却不同，她选择了独身。

不要说在古代，就是如今的社会，一位上有老、下有小却没有经济来源、丈夫去世的女子，她的压力会有多大，是可以想见的。很多女子即使没有这样的命运，也希望钓个金龟婿，而并不想去拼搏，找到自己的价值。

顾若璞却毅然选择了独身这一条最艰难的路。她决心靠自己的力量，支撑起这个庞大的家族。顾若璞的诗歌里很少有闺怨，也没有悲泣和抱怨，在晚明这样的社会动荡的时期，她一个弱女子，却有丈夫气，以纤纤弱质扶起就快要败落的家庭。

顾若璞把家中的资产做了规划，细致地核算用度。同时，她还靠织布补贴家用。顾若璞的两个儿子，一个 8 岁，一个 6 岁，所以做女管家的同时，她还是孩子们的启蒙老师。

今天看来，说顾若璞是教育家也不为过。为了让孩子们成才，除了身体力行共同学习，她还探索全新的教育方式。

顾若璞打造了一艘小舟，小舟就停泊在西湖的角落里。在这样的环境下读书，孩子们可以摒除杂念、专心致志。在贫寒的生活之中，要保持一叶孤舟的逍遥自适，有大局观。

顾若璞的两个儿子黄灿和黄炜长大之后，都成了杭州当地颇有名望的文人。

更加不拘一格的是，顾若璞同样重视对女性的教育。顾若璞是黄家以及顾家所有女性的启蒙老师。她鼓励女子们读书学习，关心时事，用诗歌表达自己的精神世界。顾若璞平素与亲族中的女眷谈的不是女工刺绣，而是历史、时政、文化等多种方面的内容，她所读的书绝不仅仅限于科举应试的书，而是博通杂家，这让她能更广泛地看到不同角度的人间，让女孩子们有了更多思想。

她培育了中国历史上第一个女性文学团体——蕉园诗社。清代不少女子是可以写诗的，虽然如此，但写诗仍然没有被社会视为女子的正途。真正给女子们打造一个纯洁的净土，让她们可以自由地以诗歌抒发情感、找寻纯真的意境的，只有蕉园诗社。

对雪吟句、观花谱词，细腻婉约的诗风曲韵，让女子们得以展才，成为最美的一道风景。曾有学者据此推断，曹雪芹在塑造女性人物的时候，受到了蕉园诗社的启发。而顾若璞可能正是《红楼梦》中大家长贾母的原型。

当时，有不少长辈，尤其是女性长辈，责备顾若璞的所作所为。顾若璞反驳说，女性的文化教育和男性的文化教育同等重要，有知识的女性才能成为好妻子和好妈妈。在她的引导下，她的侄女顾之琼工诗文骈体，著《亦政堂集》。蕉园诗社有"蕉园五子""蕉园七子"闻名于世。她们形成了女性作家群体，文学活动也别出心裁，不仅仅是家庭宴集赋诗，还组团自在出游、赋诗创作。

封闭的环境，禁锢不了浪漫的内心，她们开始越来越重视自身的价值存

在，在诗歌里找寻生命新的寄托。进入清代，闺秀诗更成为一个文学现象，女诗人们在小小的天地里尽情展才，触碰感情的幽微，让古代文学史有了新的光彩。

与顾若璞同一时代，越来越多的女性开始觉醒。受顾若璞影响，很多女子像男子一样选择自己喜欢的生活，成了当时杭州的一道风景。

黄媛介就是这样的女子。她出身文人家庭，有很高的绘画天赋，与丈夫一起住在西湖边上。丈夫操持内务，黄媛介上街卖画，挣钱养家。那时，商人还是会受到歧视的，女人抛头露面，在某些人眼中也是不成体统的。

但黄媛介不在乎这些，她以画笔绘出山水美景、浪漫传说，与丈夫双宿双飞，成就一对神仙眷侣。

这些女性凭借自身的奋斗，打破了千年以来严苛的社会规范，为女性赢得了更多的尊重和认可。不会有人为你的人生买单，只有你自己能够为你的生命中每一天负责，如果你想过得更好，就要用奋斗来证明自己，这样才会赢得尊重，才能够走出小家庭，去广阔的天地做更多有意义的事。

很难想象那个年代的女子有这样的想法，活成了自己喜欢的样子，顾若璞是不惧人言、不怕是非、活出自我的女人，真是要为这样的"女汉子"点赞。

据说，顾若璞很长寿，九十岁的时候仍然在学习。她用坚韧睿智的品格，撑起一个家族的同时，也成就了自己传奇的一生。她告诉女子们，只要你坚持走下去，就一定能够有所成就，不需要依附别人，也能活得漂亮，过好诗意的人生。

内卷的高考人生

如果说今天的高考是走独木桥，那么，古时候的科举考试，就是走高空钢丝。

能走到最后的人物，大多都能成为史书上的一笔。古代也有相关的存档资料，比如清代就曾将中进士的举子名字刻在石碑上。这是人生的重要一笔。其中一些人能够为国做事，还有很多则湮没无闻了。

纵然如此，为了金榜题名，学子们一头栽进令人窒息的科举战场。

清代乾隆年间，有个叫阿通的书生，就陷入了一起科考纠纷。

阿通年十七矣，饱食暖衣，读书懒惰。欲其知考试之难，故命考上元以劳苦之，非望其入学也。如果入学，便入江宁籍贯，祖宗邱墓之乡，一旦捐弃，揆之齐太公五世葬周之义，于我心有戚戚焉。两儿俱不与金陵人联姻，正为此也。不料此地诸生，竟以冒籍控官。我不以为怨，而以为德。何也？以其实获我心故也。

……

夫才不才者，本也；考不考者，末也。儿果才，则试金陵可，试武林可，即不试亦可。儿果不才，则试金陵不可，试武林不可、必不试废业而后可。为父兄者，不教以读书学文，而徒与他人争闲气，何不揣其本而齐其末哉！

知子莫若父，阿通文理粗浮，与秀才二字相离尚远。

李鹤峰中丞之女叶夫人慰儿落第诗云：『当年蓬矢桑弧意，岂为科名始读书？』大哉言乎！闺阁中有此见解，今之士大夫都应羞死。要知此理不明，虽得科名作高官，必至误国、误民，并误其身而后己。无基而厚墉，虽高必颠，非所以爱之，实所以害之也。

然而人所处之境，亦复不同，有不得不求科名者，如我与弟是也。家无立锥，不得科名，则此身衣食无着。陶渊明云：『聊欲弦歌、以为三径之资』，非得已也。有可以不求科名者，如阿通、阿长是也。

我弟兄遭逢盛世，清俸之余，薄有田产，儿辈可以度日，倘能安分守己，无险情赘行，如马少游所云『骑款段马，作乡党之善人』，是即吾家之佳子弟，老夫死亦瞑目矣，尚何敢妄有所希冀哉！

……

『子孙者不过天地间一苍生耳，与我何与，而世人过于宝惜爱护之。』

……

节选自袁枚《给弟香亭书》

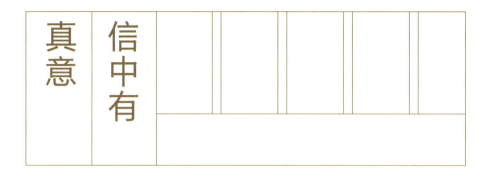

真意 信中有

阿通啊，已经 17 岁了，在家吃得好穿得好，读书却很懒惰。

送他到江宁县报考，主要是想磨砺他，并非真指望他能考上。如果能通过考试，加入江宁县籍，就再好不过了。毕竟江宁是祖宗丘墓之地，一旦舍弃，我心中怎么过意得去啊？

谁知道，这件事让江宁本地人不满，以冒充籍贯的罪名，把阿通告到官府。

但这事我并不怨恨他们，反而认为是坏事变好事。为什么呢？因为我的确有私心。

……

参加考试其实是次要的，有没有真才实学是根本。

阿通如果有才华，到江宁参考，还是到杭州参考都可以，甚至不参加考试都行。可如果没有真才实学，到哪里参考也不行。

咱们身为长辈的，不去教导后辈读书学文的道理，而同别人争闲气，有必要吗？还是好好根据阿通的本性，因材施教吧！

知子莫若父，阿通文理粗浮，离"秀才"二字还相距很远。

我想起了李鹤峰的女儿李含章,她的儿子考试失利,她曾安慰道:"我当年生你,决不是为了求功名才叫你去读书的。"

现在的士大夫们,都没有她这样的气魄和见解,应该羞愧得无地自容。要是不明白这个道理,即使有了功名,也一定会误国殃民、害人害己。

没有基础的墙,虽高必倒。咱们如今这么做,不是爱孩子,而是在害他。

人所处的境况啊,各不相同。

有的人不得不求科名,比如我和你。家里没有土地,不去读书求取科名,这一辈子的生活都没着落。

有的人,则不一定非要求科名,好比阿通和阿长。咱们兄弟赶上了好时候,除了俸禄,还有田产,不多但够儿辈生活了。

如果他们能在家安分守己,不造事端,没有丑行,像汉代马援的弟弟马少游所讲的那样,"做个乡亲邻里口中的好人",就是咱们家的好孩子了。我死后啊,也能瞑目,还奢求什么呢?

……

我们的子孙,也不过是这天地间的一苍生。

"他们是他们,我们是我们,世人太过于庇护和宠爱子孙了。"

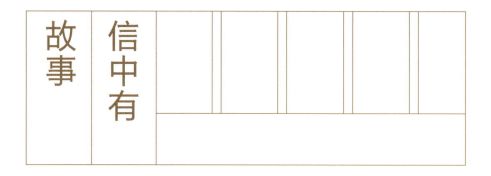

故事 信中有

　　清代的诗坛流派众多，其中"性灵派"的执牛耳者，就是大文学家袁枚。他风流倜傥，才思敏捷，20多岁就中了进士，经过宦海沉浮，但是到了60岁还膝下无子，堂弟袁树便把自己的孩子阿通过继给了他。

　　袁枚生活在杭州，但祖坟却在江宁，也就是今天的南京。袁氏一族一直把江宁看作故土，如果阿通能入江宁府读书，也算了却一桩心愿。故土情结，落叶归根，袁枚是"性灵派"诗歌的代表，虽然他提倡诗歌要发乎自然，不要有太多格律的束缚，做人也较为变通，但仍希望传承祖业，让后人继续发展。况且，袁枚也知道，当时江宁的学习氛围更宽松，科举竞争没有那么激烈。

　　明清科举，也是三年一试的，学子们寒窗苦读，都希望一朝成名，但能够入仕的分数线又是不同的，江宁地区的考生可能更容易过线一些。袁通并不是不聪明，但他的确不擅长科举那一套需要的学问，学习也不经心，所以袁枚就考虑，让他在江宁考试，没想到却惹出了事。

　　公元1791年，乾隆五十六年，袁通在报考江宁院试的时候，被指控"冒籍"，因而失去了考试资格。"冒籍"，指的是考生假冒籍贯，参加考试，类似于今天的"假高考移民"。

袁树对此愤愤不平，写了千言诉状，跑到官府鸣冤，希望能够让袁通考进去，因为他们袁家毕竟祖籍是江宁的。

然而，袁枚的态度全然相反，他给弟弟写下了这封信。

江浙一带，从古至今都是人文鼎盛的科举大省，考生人数众多，竞争相当惨烈。如果对袁通开了先例，会有更多人加入到"冒籍"行列中。

江宁考生的反对，合情合理。科考出现问题，大多是重案，但这也分不同的情况。比如后来成为清代诗学大家的沈德潜，早年去参加科举，也被考官故意刷下去了，却并没有人举报揭发。但是，袁通这件事关系到更多考生的利益，人都是趋利避害的，集合起来，就举报了袁通。

望子成龙的袁树不冷静了，他重视功名。但是，历经宦海的袁枚却是清醒的。

袁通是个聪明的孩子，也是个不爱学习的孩子。

一年重阳节，袁枚出对联考察袁通。他出上联 "家有登高处"，袁通不假思索对出下联"人无放学时"。袁通的个人体验，说出了一代代考生的心声，期待放学的心情，至今从未改变。

现在很多人采取填鸭型教育，让许多的孩子没有了童年，而几百年前就更没有选择，所有的孩子挤一条路，就是通过科举考试当官，光耀门楣。袁通却不希望成为这样的人，他希望有"放学时"，能够做一些喜欢的事情，而不是为了读书而读书，为了考试而考试。

袁枚从这副对联里看到了这个孩子的心思，他更了解参加这种科举选拔

的痛苦。

　　写这封信的时候，袁枚已经 75 岁。回首一生，他对科考的残酷、仕途的艰辛，深有体味。

　　袁枚从小天赋极高，12 岁的时候竟然和自己的老师一同考中秀才。23 岁，他参加顺天府乡试，告捷。第二年，参加会试，考取贡士。紧接着参加殿试，他名列第五，被选为庶吉士，在翰林院进修。在他最辉煌的时候，与众位大臣一起听乾隆皇帝出题，赋诗唱和，他反应神速，总会很快写出一首不错的诗来，因而得到了皇帝的赏识。

　　可惜好景不长，三年后，袁枚因为在满文考试中得了"最下等"，被迅速外放到江南做知县。清代要求官员满、蒙、汉语言都精通，特别是满文，是必须熟习的。袁枚博通典籍，又喜欢反思提问，虽然有些是无理之谈，却也看

出他的好疑多思的性格。但他对满文考试应付不来，就只能接受命运。

　　袁枚并不是一位特别随性的文人，也有着为国做事的思考。虽然他只当了一个芝麻官——小小的知县，他也立志做一名受百姓拥戴的基层小官。抗旱灭蝗，治理一方，他都做得井井有条，卓有成效。然而，在官场多年，他逐渐发现，很多人做官并不是为了天下苍生，而是为了满足一己之私。

　　清高的袁枚，不愿意卑躬屈膝，为了升官而违心做事。在仕途上奔波10余年后，他在33岁那年，辞官归隐。他明白了很多事情，比如人生就是要用自己的方式度过才是最好的，可以时仕时隐，有时去当官，入世的同时也要保持出世的心态，有时就回归退隐。

　　33岁从头来过的袁枚，多了一份看透世俗的超然。

　　他在江宁买下一座废弃的庄园，精心设计装点，建成了一座富有情趣的私

家园林，取名"随园"。随园的特别之处，在于没有外墙，类似今天的公共花园。

袁枚把随园打造成了读书、会友和授课的文化胜地。当然，这是需要经济支持的，他写了不少书，甚至有时为了赚些稿费，也在《随园诗话》里杂录了一些并非上乘之作的诗歌，写了一些评论。他也开学授课，甚至还让女弟子听讲。总之袁枚开始走上了肆意潇洒的人生之路。他的心底里，认为人生要有更多的空间，不能死读书。

热爱美食的他，甚至推出了《随园食单》这一部中国古代经典的美食烹饪和品鉴著作。他描绘的326道佳肴，让观者食指大动，随园很快成为苏杭一带著名的旅游目的地。

袁通是幸运的，因为有袁枚这样的长辈。袁枚在信里好好告诉他，参加考试其实是次要的，有没有真才实学是根本。如果有见识，甚至不参加考试也行。他看透了官场上的现实，真正做学问、干实事的官员是很少的。他告诉袁通，人并不是为了求功名才参加科举考试，只要能在家安分守己，不造事端，没有丑行就是好孩子了。他觉得年轻人有他们的追求，老一辈人不能横加干涉。

在那个时代，有袁枚这样的长辈真是幸福的事，只要洁身自好，能够从事自己喜欢的事业，不当官又如何呢？天下不是只有一条路，袁枚已经看透了，很多为了名利的人在朝堂上你争我夺，他根本不愿意让袁通这样的孩子成为那种人，那样他一生都不会快乐的。

不让孩子心理扭曲的方法，就是理解他们，给他们空间去做喜欢的事情。

袁枚离开人世时，袁通已经23岁。

他顺应天性，在作词领域找到了方向，最终成为当时词坛举足轻重的人物。他有词集《捧月楼绮语》传世。他曾在京师组织唱和活动"燕市联吟"，得到了世人的肯定。

虽然后来袁通也曾当过汝阳等地的知县，但他并不以此为业，仍旧以文学成就为毕生追求。

袁通顺遂而幸福的一生，正符合袁枚对他的期待。诗词之道，并不是雕虫小技，而是融合了数千年中国文化的艺术精华。中国士大夫有文统的观念，就是忠于内心的精神理念，而不被所处之环境左右。虽然每一个朝代，都未必有多少人会真正坚持，但只要能够坚持，就一定会在文学的历史上留下传世佳作。

三不朽为"立德、立功、立言"，即使不能立功，但是能够立言，以诗词抒发自我的感情、反思人生、沉淀心灵，给后世以启迪，这就是成功。

人的一生也许只能做好一件事，如果你什么都想要，就有可能什么也得不到。文人应讲求信念，为人应行之有据，能够有底线和原则，这些是需要在读书和实践中不断反思的，不应盲目为了考试去读书。

今天的很多父母，因为孩子的考试成绩而备受煎熬。诗人袁枚，在200多年前，就给了我们一份极有远见的教育样本。人生不是考试，没有所谓的标准答案。做父母如此，教育子女也是如此。

如果你真的爱你的孩子，希望你能够尊重他们的思想，并让他们明白读书的目的是有才学、有见识，而不是博取功名利禄；同时也需要积极思考，因为书本是别人思考过的结论，而不是他们自己领悟到的。

大清第一农夫

宁可食无肉，不可居无竹。这些竹子，是一个人的标签。

恣意而潇洒，苍劲而犀利。竹有节，永不屈服。

画家画的不单是竹子，也是他自己。

一笔一画间，都是他的骄傲与倔强。

寄件人：

郑燮

我想天地间第一等人，只有农夫，而士为四民之末。农夫上者种地百亩，其次

七八十亩，其次五六十亩，皆苦其身，勤其力，耕种收获，以养天下之人。使

天下无农夫，举世皆饿死矣。

……

今则不然，一捧书本，便想中举、中进士、作官，如何攫取金钱，造大房屋，

置多产田。起手便走错了路头，后来越做越坏，总没有个好结果。其不能发达

者，乡里作恶，小头锐面，更不可当。夫束修自好者，岂无其人；经济自期，

抗怀千古者，亦所在多有。而好人为坏人所累，遂令我辈开不得口。

……．

愚兄平生最重农夫，新招佃地人，必须待之以礼。彼称我为主人，我称彼为客

户，主客原是对待之义，我何贵而彼何贱乎？要体貌他，要怜悯他；有所借贷，

要周全他；不能偿还，要宽让他。

尝笑唐人《七夕》诗，咏牛郎织女，皆作会别可怜之语，殊失命名本旨。织女，

衣之源也，牵牛，食之本也，在天星为最贵；天顾重之，而人反不重乎？其务

本勤民，呈象昭昭可鉴矣。吾邑妇人，不能织绸织布，然而主中馈，习针线，

犹不失为勤谨。

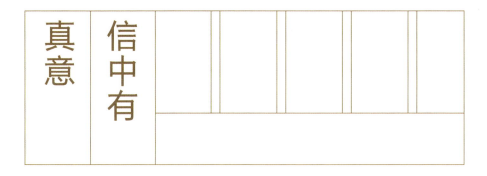

真意 信中有

天地间第一等人，只有农夫。

读书人，是士、农、工、商的最后一等。

最好的农夫，可以耕种 100 亩地。差一点儿的，七八十亩没问题。再次，也有五六十亩。他们损耗身体，付出辛劳，养活天下人。

假使没有农夫，全天下的人都要饿死喽。

……

现在的读书人可不一样咯，一捧书本，就想着考举人、中进士，做大官。做官之后又盘算着如何赚大钱、造房子、买田产。

他们呀，从一开始便走错了路，后来越走越偏，总没个好结果。还有一些没发迹的人，就在乡里为非作歹，言行丑陋，真让人受不了。

这世上难道就没有人看重自己的品德吗？难道就没有人拥有经世济民的理想吗？难道就没有人希望自己心性高洁，堪比古人吗？

其实有很多的。

但是，好人总被坏人牵累，实在是有口难辩啊。

......

我一生中最敬重的是农夫。

新来的佃户，咱们一定要以礼相待。

他们称我们为主人，我们称他们为客户。主客本来就应该平等，我们有什么好尊贵的，而他们又有什么低贱的呢？

我们要体恤他们，怜悯他们。如果他们需要借贷，就要成全。那无力偿还的，就宽让他们。

我曾经嘲笑唐人写的七夕诗，他们谈论牛郎织女，总是绕不开哀怨的主题，实在是脱离了这个传说原本的意味。

织女，代表衣之源；牛郎，代表食之本。它们作为天星，身份最为尊贵。老天都眷顾他们，普通人却不明白衣食的重要。

咱们家乡的妇人，虽然不能织绸织布，但能主持家务、干针线活，也算是不失勤劳的本色。

写这封信的人，正是大清第一奇人、书画界的鬼才、"扬州八怪"之首郑板桥（名郑燮）。收信人，则是郑板桥的堂弟郑墨。与世不合即为怪，不同流合污也是怪，人迹板桥霜，郑板桥就是走这样的一条少有人走的路的人。

这封家书写于 1744 年，乾隆九年。51 岁的郑板桥，正在河南范县做知县。

在中国历史上，仕途坎坷如郑板桥者，非常罕见。他历经了康熙、雍正、乾隆三朝，43 岁才中进士。在这期间，他是一边在私塾教书，一边参加科举，虽然经历了三个时代，世事变迁，贫苦煎熬，但从来没有让他放弃为百姓谋福、为国家做事的理念。

然而，在现实中，并不是所有进士都有好的出路的，每年考上的人很多，不可能个个都能施展抱负，郑板桥因为不通世故，不拍马逢迎，赋闲待业了 6 年。这 6 年间，他反思了许多，虽然无路可去，也不能改变他的志向。他以书画自娱，也以此赚钱养家，等待有机会出头的那一天。如何能够通过考试，让有真才实学的人被选拔出来，这是一个千古难题。特别是像郑板桥这样的有风骨的才子，是很难向现实低头的。国之栋梁，需要有好的人才制度，才能不断涌现。

　　一直到快 50 岁的时候，经人推荐，郑板桥做了一个七品芝麻官。虽然只是一个小县官，但是他兢兢业业，为百姓做了不少善事。

　　郑板桥在外辛苦做官，妻子和孩子都在老家兴化（今江苏泰州代管县级市），一家人只能托付给弟弟郑墨照料。郑板桥没有同胞兄弟，和堂弟郑墨感情最深。

　　郑墨来信，告诉兄长，家里收了 3 万斤秋粮，郑板桥非常高兴。

　　堂弟仕途不通，也不擅长文字，治家却是一把好手。郑墨经营着郑家 300 亩田产，是个不折不扣的"农夫"。

　　古代社会，"农夫"的概念比较宽泛，既指亲身耕作的人，也包括经营农业的人。"士、农、工、商"，农业社会里，历代皇帝都是很重视农业发展的，但是农户的地位并不高，往往忍受着官府的苛捐杂税，要服很重的徭役。

　　郑板桥是个不折不扣的农家孩子。他生长在乡野，出生的时候家道已经中落，生活一直非常拮据。郑板桥的母亲早逝，他由乳母抚养长大。乳母是一位质朴的劳动妇女，对郑板桥的一生影响很深。知道百姓生活的疾苦，贫寒生活的一点一滴烙在郑板桥的心头，他很想为贫苦的百姓做些实事。

　　虽然贫寒易出人才，但也有说法是"贫长奸心，富生良心"，其实贫富只是一方面的影响，能够决定一个人是否会变得贪婪的关键，还是他自己的信念会不会动摇。信念坚定并不容易，不仅需要教育引导，更重要的是自我觉察和认知。郑板桥是很有个性的人，突出自我精神，但这种自我的认知理念并不是认同既定的法则，而是在实践中发现，在学习中反思，是与为百姓做实事联系在

一起的。郑板桥希望能够为百姓、为贫苦人做些事情，他对农民有天然的亲近。在范县做父母官的时候，他经常到田野视察民情，了解农户们的生活。

有时候，他甚至会穿上便服，和农民一起下地干活。从田野归来，就和农户一起吃饭，完全没有知县的架子。与民共甘苦，很多官员只是嘴上说说，并不会实际去做，能够与农民一起干活的，就更少了。

他讨厌那些农家出身、一朝为官便忘掉根本的人，还写文章讽刺他们："多少金台名利客，略啖腥膻滋味，便忘却田家甘旨。"

这样的言行，自然会招致同行的非议和算计。在他们眼中，郑板桥是个不折不扣的异类。当周边的大多数人都表现得贪婪的时候，郑板桥以傲然的风骨踏实地工作，却得不到肯定，全是讥讽挖苦。但他从来没有放弃，这就是一个杰出人才的最核心的素养。

郑板桥任山东潍县县令的时候，遭遇了荒年。他不顾别人阻挠，让百姓写借条，开仓放粮，救活了一万多人。秋粮歉收，他又把借条都烧了。百姓都十分感激郑板桥。

郑板桥60岁的时候，潍县遭遇大饥荒。他上书请求开仓赈灾，而上司却扣压不报。情急之下，他提前打开了粮仓，得罪了不少人。这一次，他遇到了重大的坎坷，他被人揭发，只能辞职。当他离开潍县的时候，县里的老百姓都为他送行，依依不舍，甚至还为他立了生祠。郑板桥得到了民心，这就是他最大的安慰和成功。

迎难而上，需要坚定的意志和毫不动摇的决心，这背后必然有一种强大的信念在支撑着，那就是做一些有意义的事，成为能够让百姓过得更好的人。

既然当了百姓的父母官，就要为民做主，而不能唯命是从，应分析时势，采取最好的策略，但底线是不能改变的。坚持住本心，宁可不做官，也要对得起百姓、对得起良知。人活着要对得起自己，无愧我心。

郑板桥短暂的仕途，就这样终止了。

郑板桥无法适应官场，却成就了他在艺术上的造诣，命运将会给他新的机会。

公元 1753 年，郑板桥用三头毛驴，驮着他的全部家当，辞官回乡。一位清廉的官员开始有无数的书画趣闻流传出来，为了养家，他的书画标了具体的价格。这在当时也是很罕见的，很多人都是附庸风雅，写书作画，其实没什么造诣。郑板桥明码实价，也是对这样的虚伪风气的一种嘲弄。

相传，一次有人求他画画，他就用一个水盆装满了水，脱了鞋子，开始洗脚，洗好之后，他在脚跟上沾些墨汁按在宣纸上。众人都惊讶不已，谁知他随手添了几笔，那墨迹就成了几个栩栩如生的大螃蟹。

当然，郑板桥最擅长画的是竹子。竹子是君子的象征，有志节，虽被焚烧也不改其节。竹有着文人的风骨，郑板桥喜欢画瘦削峻冷的竹子，往往只是数枝孤立，叶脉之间隐现迎风破雪、翻雨战霜的气力。他的硬气都蕴含在这一笔一画之间。

没有事情是一帆风顺的，没有经过考验就不可能知道一个人是不是适合当官，但像郑板桥这样特别耿直、能够坚守自我精神的人，如果缺少一种合适的制度来让他们脱颖而出，他们就无法施展才能。而清代的乾隆时期，恰恰是不出权臣也不出能臣的时代，很多官员都是宁可不做事，也不想出事，或者

他们都是随大流，并不能够容忍郑板桥这样有追求、敢做事的人。怪圈就这样形成了。

郑板桥看透了一切，他就像那株在石头缝里顽强伸展着根茎的竹，他需要将更多的力量扎根在民间，而当它生长出来的时候，纵然有无数的风吹雨打、冰霜苦寒来临，也要以尖利的竹叶来揭破一切的假面，在泥土里保留住根基，在寒风中长翠永青。

不论别人如何评说郑板桥这种古怪的做人方式，他都不以为意，坚定地将竹子画好，也显示出他不忘本心的志气。

一个普通知县，在历史上也就记个档案、留个名字，并没有太多意义。但是，作为书画家的郑板桥，作品却是至宝，被后世的书画家研究，他开创了一种新的画风、一种新的学派，这何尝不是一种伟大。

在他晚年的时候，他画下了多幅《竹石图》。

旷野中，悬崖边，细竹迎风生长，看似孱弱，却充满傲气。傲骨铮铮，铁胆不屈，一节一节地成长，在最严峻的地方，点染青青绿意，这样的生活才是有意义的，也是他毕生的追求。他走了，但他留下的书画蕴含着的文人精神会激荡着所有人。成功没有定义，以生命见证一种精神，此生已然完美。

其中一幅《竹石图》上的题词，我们再熟悉不过：咬定青山不放松，立根原在破岩中。千磨万击还坚劲，任尔东西南北风。

鸱夷子皮的幸福人生

幸福人生的终极秘诀是什么？幸福是达到了世俗眼中的标准，名车美女，高官厚禄，或是金玉满堂，儿女成群吗？还是能让内心得到安慰，找到至爱，过上平静的生活呢？

五千年的浩瀚历史中，能够洞悉其中奥义的人，屈指可数。

春秋时期的范蠡，就是其中之一。

范蠡

吾闻天有四时，春生冬伐；人有盛衰，泰终必否。知进退存亡而不失其正，惟贤

人乎！

蠡虽不才，明知进退。高鸟已散，良弓将藏；狡兔已死，良犬就烹。夫越王为人，

长颈鸟喙，鹰视狼步。可与共患难，而不可共处乐；可与履危，不可与安，子若

不去，将害于子，明矣。

节选自《吴越春秋·勾践伐吴外传》

信中有真意

我们知道，春天万物生长，冬天进行砍伐，人有盛衰，福祸相依。

懂得进退，知晓福祸，洞悉生死，这才称得上是贤人。

我虽不才，但我知道进退。

我知道鸟打尽了，良弓就没有用处了。兔子死绝了，猎狗就会被人烹食。

越王其人，相貌似长脖子尖嘴的鸟，有鹰的眼睛，还有狼的步伐。

这样的人，可与之共患难，但绝不可与他同安乐。

危险的境地，他才需要你。

安全的时候，你对他来说一无是处。

现在你若还不离开，日后他必将加害于你。

　　春秋是一个乱世，礼崩乐坏，战火四处激荡，百姓的生活困苦不堪。为了称霸，各国之间钩心斗角，各展其能。其中，吴国与越国进入了最为激烈的斗争之中。

　　公元前 473 年，一场盛大的庆功宴背后，暗流汹涌。

　　宴席的主角，是越国的君主勾践。这一年，越国的军队攻占了吴国，勾践成为新的霸主。

　　范蠡和文种，是宴席的重要配角。勾践能够称霸，离不开他们二人的辅佐。

　　勾践曾在吴国做了三年人质。他成为这个霸主并不容易。

　　但最初吴王夫差并不信任勾践，他没有机会回到越国，也就没有机会实现志向。勾践为了让吴王夫差放松对他的警惕，用尽了方法。甚至有一次，吴王夫差病重了，勾践甚至为吴王夫差尝粪，让吴王甚为动容。

　　这期间，范蠡跟在勾践身边，受尽屈辱。他的文才武略本是足以安邦定国，但是同样作为人质，他比勾践的地位更低，是被吴国君臣欺辱的对象。幸好范蠡有谋略，能够忍耐，多次帮勾践化解了身边的危机。君臣在患难之时，成为并肩作战的朋友。

为了能够早日回到自己的国家，勾践努力找到了吴王夫差的缺点：好大喜功，乐于享受。他也想了很多法子，让吴王夫差信任他，从而得到机会离开吴国。他了解吴国的朝局情况，知道有一些奸臣是可以利用的。相传，他就曾经送过美女西施给吴王夫差，让她迷惑吴王夫差，希望能够腐蚀吴国。但也有历史学者认为，西施并不存在。无论如何，当时越王勾践和范蠡面临巨大的危机，却也在努力自救。

文种留守越国，一面鼓励女子养蚕致富，一面悄悄地训练士卒，等待反攻的机会。越王勾践也要求他的越国臣子们励精图治，让越国休养三年生息，准备三年的军事力量，甚至曾经在广武池训练水军，从各方面做好进攻吴国的准备。

吴王夫差并不听忠良伍子胥的建议，只亲近小人，导致伍子胥无奈自杀，吴国走了下坡路。在种种谋略之下，勾践、范蠡与文种等里应外合，攻破了吴国，最终将勾践推向了霸主的位置。

然而，艰难的日子过去了，美好的时光并没有到来。

相传，在庆功宴的当晚，范蠡驾驶一叶扁舟，不辞而别。《越绝书》记载，随行人中，还有他心爱的西施。

临行前，范蠡悄悄地给老朋友文种留下了这封信。狡兔死，走狗烹，飞鸟尽，良弓藏，这是范蠡留给后世的箴言。他很明智地告诫好友文种，勾践已称霸，是不会再善待功臣的。

莎士比亚在《亨利四世》中也说过类似的话：戴王冠的头，是不能安眠于

枕席的。

这是君王的困境，也是人性的弱点。很多君王成功了，就会忌惮功臣，炽烈的权力欲望会让人改变。

与勾践出生入死多年，范蠡了解勾践的性格。

春秋争霸，到了吴越之争，已接近尾声，但精彩程度却丝毫未减。

吴王夫差和越王勾践有深仇大恨。勾践的大将杀了吴王夫差的父亲，夫差一心一意准备复仇。邻国的威胁，让勾践寝食难安。勾践决定先发制人，对吴国挑起了战争。

吴王夫差率领吴国精锐部队反击。越军全线溃败，最终困守会稽山。

灭顶之灾即将来临，范蠡建议大夫文种前去议和。文种想尽方法，贿赂吴国权臣，夫差留下了勾践的性命。当时的越国没有实力与吴国抗争，勾践必须要忍耐，他在吴国做人质时，甘愿做夫差的马夫，恭顺而卑微。

这时的勾践需要朋友，能够与臣子共尝贫苦，在可怕的环境中，彼此慰藉，一步步走出困境。夫差逐渐消除了戒心，认为勾践真心归顺了他，就放勾践回国。

返国后，勾践重用范蠡、文种，力图报仇。他卧薪尝胆，也就是晚上卧在粗糙的薪柴上睡觉，时不时尝一尝猪胆的苦味，以示不忘旧恨，时时想起那受尽屈辱的日子，从而让自己发奋振作，使越国国力逐渐恢复。

公元前 482 年，吴王夫差兴兵参加黄池之会，为彰显武力率精锐而出。越王勾践抓住机会率兵而起，大败吴师。

但是，勾践只能与臣子共辛苦，而不能共富贵。他要享受独一无二的权力，越是耻辱感强，他所想要的就越多，他要拿到更多权力、荣誉。那些曾经与共同战斗的臣子，却成为他发展的掣肘。

范蠡深刻地认识到，如果他再留在越国，是不会有好下场的。所以他选择功成身退，在最辉煌的时候离开勾践，他也希望好朋友文种能够明白这一点，及时离开方为上策。

在洞悉人性方面，文种显然不及范蠡。他收到范蠡的书信后，还是选择了留下，想要继续辅佐勾践。他可能最终才会明白这个道理：可以成就事业，但不能贪婪权位，要顺势而为，及时抽身。

不久，有人向勾践密报，说文种要谋反。勾践赐给了文种一把宝剑，文种被迫自杀。

早就离开越国的范蠡，则开启了人生的新旅程。他很理智，人生不是被别人定义的，有很多种成就自我的方式，即使不走仕途，也有别的方式让自己过得舒服。

他来到齐国，给自己起了一个奇怪的新名字——"鸱夷子皮"。

范蠡有经商的天赋，他一边耕田种地，一边做起海产品贸易。很快，富商"鸱夷子皮"声名鹊起。

齐国重视商业，商人的地位很高，范蠡被齐王邀请，一度担任齐国相邦。人才也需要找到合适的土壤，他很明白这一点。

《史记》记载，范蠡"候时转物，逐什一之利"，称赞范蠡审时度势，经营有道，是名副其实的"商圣"。虽然追求利润是商业的必然选择，但是商人也可以创造财富，让更多人受益。

范蠡不止一次把自己的财富，分给贫困之人，他是有史记载最早的慈善家。

晚年的范蠡，定居在山东陶丘，成为远近闻名的"陶朱公"。

范蠡曾经吃过苦，也有一展抱负的机会，但他明智地不被当下的诱惑而左右，眼光长远，明确知道怎样的人生是适合自己的。于是他选择了放弃权位，开创新领域，最终功成身退，安享晚年。

史书记载，范蠡和文种都是楚国人。

据说，范蠡因特立独行被大家看作疯子，只有文种愿意与其结交。特立独行的人也往往是最有自我想法的，他不走寻常路，才不会轻易放弃。文种这样的朋友是可交的，因为他能理解范蠡。两人来到越国，一起辅佐勾践。

曾经的好友，在人生的转折点上，一个执拗，一个舍得，终究走上了截然相反的道路。

人生，要坚定一个方向走下去，那就是理想，但是，也要看准形势，敢于突破，时时保留有选择的能力，这很重要。

千古栋梁育家风

家风，是一个家族的脊梁，便是国之栋梁，一个家族如果秉承正气，

人能成长，家庭的影响至为重要。

家庭的影响至为重要。正是这些栋梁之材，成为中华民族精神之塔

移风易俗，的奠基石。

需要家庭这个社会细胞

良性运转，

有好家风，他们的精神，时至今日，

才有好传承。仍然熠熠生辉。

- 没文化，皇帝也吃亏
- 高调做事，低调做人
- 化干戈，退一步海阔天空
- 孤独的锦衣卫
- 先生之风，山高水长

伍

没文化，皇帝也吃亏

公元前一九五年，汉朝建立仅九年，就已经阴云密布。

汉高祖刘邦的病情日渐加重，他回想起金戈铁马的岁月，曾经的亲人、敌人、爱人，百感交集，而最让他放心不下的是皇位的继任者，还没有确定。

吾遭乱世，当秦禁学，自喜，谓读书无益。泊践祚以来，时方省书，乃使人知作

者之意，追思昔所行，多不是。

……

吾以尔是元子，早有立意。群臣咸称汝友四皓，吾所不能致，而为汝来，为可任

大事也。今定汝为嗣。

吾生不学书，但读书问字而遂知耳。以此故不大工，然亦足自辞解。今视汝书，

犹不如吾。汝可勤学习。每上疏，宜自书，勿使人也。

汝见萧、曹、张、陈诸公侯，吾同时人，倍年于汝者，皆拜，并语于汝诸弟。

吾得疾遂困，以如意母子相累，其馀诸儿皆自足立，哀此儿犹小也。

节选自刘邦《手敕太子文》

我生逢动乱时代,正赶上秦朝禁绝百家之学的时候,总认为读书没什么用。

但自从登基以来,才领悟到读书的重要性。现在想起从前的种种作为,甚是懊悔。

……

因为你是嫡长子,我早有立你为太子的想法。

现在大臣们都在称赞你。

你跟隐居多年的商山四皓交上了朋友,四位老先生一直不愿意为我效力,而他们竟然乐意辅佐你,这让我深感欣慰。现在我要立你为太子。

我之前没有练过字,只是在后来读书的时候,顺手练了几回。虽然写得不大好看,但也足以表达意思了。

如今,我看你的字还不如我,日后定要勤加苦练,朝堂的公文都应该由自己来写,不要让人代笔。

你见到萧何、曹参、张良、陈平这几位公侯时,一定要以礼敬拜。他们都是跟我一起征战沙场的长辈。

这一点务必谨记于心，同时也要转告给你的弟弟们。

我重病缠身，大限将至。我十分牵挂如意母子，别的儿子都足以自立了，唯有这个孩子还太小。

书简阅中国

信中有
故事

　　人之将死，其言也善。刘邦在这封写给儿子刘盈的敕文中，深刻反省了自己。

　　刘邦出生在沛县的一个农民家庭，家里人都没什么文化，自己也不喜欢读书。生逢乱世，他目睹了太多的残暴现实。他混在市井之间，见识了人情冷暖，又不爱田间耕作。《史记》记载，刘邦的父亲都认为他是个"无赖"，不能治理家中田产，比不上二哥刘仲。

　　年轻的刘邦整天和屠夫走卒、贩夫小吏混在一起，游手好闲，经常把"竖儒"这样的脏话挂在嘴边，讽刺读书人，骂他们是穷酸、书呆子。他虽然为亭长，有捕盗的责任，管理地方治安，但并不靠学问。刘邦自有一套手段，他去酒馆吃饭，经常赊账，可店家都不敢要他的钱。因为他能够摆平那些来店里胡吃海喝甚至还要欺压店家的无赖，也能让店铺多些正常收益，所以很多店家不仅不要他的钱，还希望他来吃饭。

　　公元前 209 年，秦帝国的暴政变本加厉，百姓苦不堪言。陈胜吴广在大泽乡揭竿而起，点燃了一场席卷全国的起义烽火。泗水亭长刘邦负责押送民夫

去修长城，因为这个是苦差事，很多民夫都在半路上就逃跑了，刘邦知道人数不够的话，即使现有的这些民夫到了地方，按照秦制，他也要受到重罚。何况从事这个差事的很少有人能够活着回去，去也是死，不去也是死，他决定放走所有人，不让大家跟着他白白送死，他也和大家一起跑了，这是刘邦的仁心。从这件事里，很多人看出刘邦是个重情义的，有号召力，后来就跟着他一起抗秦。很快，刘邦也带着手下组成了一支子弟兵，占领了沛县。

刘邦起兵反秦之后，有不少读书人试图投奔他，谋个一官半职。但在刘邦眼里，他们只不过是徒有衣冠的懦夫。他曾经摘下读书人的帽子，往里面撒尿，羞辱他们。很多读书人最终放弃了追随刘邦的念头。刘邦虽然看不起读书人，但是像萧何这样原来的沛县的掾吏，是有文化的，他却相交甚好。因为萧何很看重刘邦，凡事总是照顾他，刘邦要带着民夫出去，萧何还相赠重金。刘邦虽不读书，但能识人，也能够听建议，他周边的萧何、曹参这样的文化人也肯忠心追随。

后来，刘邦又得到了运筹帷幄、决胜千里的张良的辅佐，经过这些读书人的指点，他在数次大战之中，取得了不少胜利。

但是，他个人并没有多少"墨水"，在南征北战的日子里，刘邦也吃了不少没文化的亏。

刘邦的性格最为可贵之处，就是能够反省自己的问题，知错就改，而当他在弥留之际，决定未来大汉江山的继承人时，他对自己读书少这件事进行了反思。

刘盈是刘邦与吕后的长子，他非但字写得不好，还让人代写公文，这让刘邦很不满意。刘盈是在贫寒之时出生的孩子，从小也没有受到很好的教育，他跟随吕后和刘邦在征服天下的过程中，见过的也多是饿殍、战乱，不会知道有学问的好处。

硝烟散尽，复杂的帝国事务铺陈案前，刘邦发现，仅凭阅历和经验，不足以驾驭一个大帝国。治理天下，不能光靠军事力量，要有信仰，有理论方略，要让人们在安全稳定的社会环境下，能够明礼知理、守法向上，才能不断推进国家的发展。显然，没有文化，这些无法做到。

刘邦就以隆重的高规格的太牢礼祭祀孔子，开启了历代帝王祭孔的先河。在陆贾这些读书人的劝诫下，刘邦认识到以文治国的重要性，颁布了很多关于"书写"的章法条例。

《汉律》中的《尉律》，就详细地规定了书写公文的各种标准。吏民上书，如果书写不规范，就要受到苛责。朝廷还设立了中国最早的书法考试。刘邦之后，汉人普遍重视汉字书写的规范化。

刘盈并没有意识到这一点，他心地善良仁厚，可因为没有读书学习的习惯，又缺少刘邦的战略眼光与韬略，不能很好地处理朝廷上的事情，对于这些，刘邦显然是不满意的。

刘盈身为长子，继承皇位，本是顺理成章的事情。但刘邦一直左右摇摆，打算立戚夫人的儿子刘如意为太子。

戚夫人是刘邦成为汉王之后纳的妃子。她姿色美艳，能歌善舞，很得刘邦的欢心。戚夫人还为刘邦生了如意，而如意仅被封为赵王之后，她就有了新的想法。她不甘心，想要让如意得到太子之位。

刘邦因为宠爱戚夫人，也喜欢刘如意的聪明可爱，就有了改立太子的想法。然而，改立太子的打算遭到了群臣的一致反对。前朝的秦始皇就因为改立胡亥，而废掉长子扶苏。胡亥当上皇帝后，任用赵高等宦官为政，打击秦国贵族及朝臣的力量，最终动摇了国本。可见废长立幼，是有风险的，朝臣们举出各种例子来反对刘邦的决定。

刘邦左右为难，直到他见到了商山四皓。

所谓"商山四皓"，指的是秦末汉初四位著名的黄老学者。他们都不愿意入朝为官，长期隐居在商山。在混乱的时代，很多人将道家的黄老之学当成了心灵的灵药，深为信仰。当时的儒学还没有能够成为主流的思想，商山四皓作为隐士，富有才学，他们在汉代初期有着很高的名望。

刘邦早就听说过四人的大名，曾经请他们为朝廷效力。因为刘邦有侮辱读书人的前史，商山四皓不愿意出山。不为名利所驱使，讲究尊重与气节，是古代隐者高士的性格，也是读书人的风骨，他们是在为天下谋利，并非为了得到区区的官禄。刘邦想请商山四皓出来为朝廷做事，也是想让更多读书人对汉朝的建设出力，招揽人才。

据《史记》记载，在一次宴会上，年逾八旬的"商山四皓"陪同太子刘盈一同入席，使刘邦大为惊讶。太子竟然能够将商山四皓招至皇室，刘邦从此打消了改立太子的想法。

刘邦并不知道，商山四皓是吕后亲自请出来的，因为刘邦要改立太子，吕后忧心如焚，她就听取了谋士的建议，去请商山四皓，让他们为太子刘盈出力。而天下方定，商山四皓虽不喜刘邦曾经歧视读书人的举动，但考虑到刘盈是长子，为人仁厚，还是可造之才。刘盈能够接受商山四皓的指点，未来不失为明君之选。所以商山四皓也就出山辅佐刘盈。

刘邦非常震惊，他也明白自己并非一个文武双全的人才，只是因为有很多方面的人才汇聚在他的手下，方能成就帝业。

楚汉之争，刘邦屡战屡败，屡败屡战。绝大部分时间里，项羽在政治和军事实力上完全碾压刘邦。刘邦文不能书，武不能战，最终却完成了对项羽的逆袭，堪称奇迹。

个中原因，局内人刘邦看得很清楚。据《史记》记载，平定天下之后，刘邦在洛阳大摆酒宴，将自己"取天下"的奥秘明确归结为用了张良、萧何和韩信三个"人杰"。

虽说刘邦本人的文化水平不敢恭维，但他身边却人才济济。上到贵族张良，下至县吏萧何、游士陈平等一众读书人，是刘邦成就大业的基石。他们之所以选择刘邦，主要原因是刘邦能够虚怀纳谏，听从他们的建议，还不吝啬权位，能够给他们以适当的位置，让他们展现才能。所以军事能力超群的韩信也总会念及刘邦的厚恩，也曾称刘邦为能够统帅人才的人。

有这样的一位心胸宽大、能够识人用人的领导者，这些读书人才能够一展所长：萧何负责后勤保障工作，张良做统战及地下工作，韩信出征攻战，陈平做外交及策略……总之有了这样的一些顶尖的人才，刘邦才能够从一个所谓的"无赖"变成了一代帝王。

所以，当刘邦看到了商山四皓如此出面为刘盈做事，他就决定，要让刘盈当太子，毕竟一个国家需要的不是一个帝王个人的能力，而是要让周边的人才

运用得当，能让更多的民间人才汇聚起来，形成合力，这样国家才会发展，每个人才会有实现抱负的机遇。刘盈有这样的能力，这也是帝王的必备素质。

公元前 195 年 6 月，刘邦驾崩，刘盈继位，史称汉惠帝。刘盈当政期间，尊重读书人，忠实地执行了刘邦生前的用人安排。在萧何死后任用曹参为相，曹参不改萧何为相时的大政方针，这就是著名的"萧规曹随"。

刘盈也曾经问过曹参，为何不多变动之前的政策法令，不做一些改革呢？曹参则反问刘盈，他的才能可比得上刘邦、自己的才能可比得上萧何？刘盈当然认为都不及。曹参就说，所以不要改变之前的方略就可以了。这段话是有争议的，有人认为曹参是为了保住相位，而不让君权过度干涉，其实不然。西汉初期，战乱留下的创伤还没有被完全治愈，刘邦的"约法三章"、休养生息的政策是适合当时的国情的。何况，刘邦已经平定了各方的反叛者，要想让社会稳定、经济恢复，就不能做太大的变革，否则政令频出，百姓的负担就更重。

刘盈还听从商山四皓的建议，继续推行休养生息的国策，崇尚无为而治。刘邦当皇帝的时候，西汉还保留着一定的分封制，地方豪绅与门阀还有一定的力量，如果刘盈要将制度改变，弄不好就会酿成祸乱。"无为而治"并不是什么都不做，而是要按照事情发展的规律，在不破坏民间自生力量的前提下，利用现有的资源基础和组织结构进行调整，以达到最优的效果，汉帝国由此蒸蒸日上。

从刘邦开始，爱好学习、尊重人才，成为刘氏皇族的家风。大汉王朝绵延四百余年，形成了气势恢宏的汉家气魄，当时的中国也成为世界上最强大的国家。自汉朝开始，读书日渐成为中国人最重要的家风之一。

高调做事，低调做人

有人说，人生主要靠演技。真的是这样吗？学习再多的技巧，都不如明白做人的道理，做人是一辈子的功课，是需要不断精进的。

公元四一年，五十六岁的东汉名将马援，正在远征交趾的路上。他听说侄子马严和马敦兄弟，最近喜好论人是非，当即给他们寄去了一封信。

寄件人：

马援

吾欲汝曹闻人过失，如闻父母之名：耳可得闻，口不可得言也。好议论人长短，

妄是非正法，此吾所大恶也：宁死，不愿闻子孙有此行也。

……

龙伯高敦厚周慎，口无择言，谦约节俭，廉公有威。吾爱之重之，愿汝曹效之。

杜季良豪侠好义，忧人之忧，乐人之乐，清浊无所失。父丧致客，数郡毕至。吾

爱之重之，不愿汝曹效也。

效伯高不得，犹为谨敕之士，所谓『刻鹄不成尚类鹜』者也。效季良不得，陷为

天下轻薄子，所谓『画虎不成反类狗』者也。讫今季良尚未可知，郡将下车辄切

齿，州郡以为言，吾常为寒心，是以不愿子孙效也。

节选自马援《诫兄子严敦书》

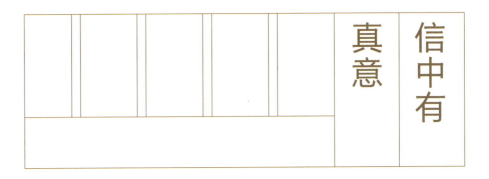

信中有真意

孩子们，我希望你们说到别人的过失，就像听见父母的名讳，耳朵可以听到，但口中绝不能议论。

喜好议论别人的长短，胡乱评判国家的法度，这些都是我深恶痛绝的。

我宁可死，也不希望自己的子孙有这种言行。

……

龙伯高这个人，敦厚诚实，他说出的话，没有让人能指责的地方。他节俭清廉，有威望。

我爱他、敬重他，希望你们好好向他学习。

杜季良这人是个豪侠，很有正义感，忧人之忧，乐人之乐，无论好人坏人，他都合得来。他父亲去世时，好几个郡的人都过来吊唁。

我爱他、敬重他，但不希望你们向他学习。

如果你们学龙伯高学不到家，还可以做个谨慎谦虚的人。正所谓"刻鹄不成尚类鹜"。

可一旦你们效仿杜季良不成功，就会堕落成纨绔子弟。正所谓"画虎不成

反类犬"。

到现在杜季良还不知道，刚到任的郡将，恨他恨得咬牙切齿，郡上的人也都对他意见很大。我替他感到寒心，所以不愿子孙们学他。

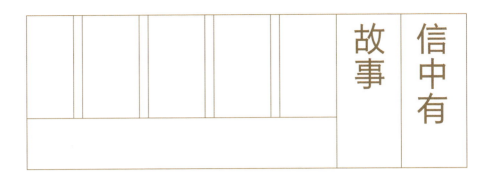

　　马援的祖先，相传是战国时期的名将赵奢。马援精于兵法，能征善战，在乱世中，他有着高远的抱负，追随东汉开国皇帝刘秀，统一天下，立下了赫赫战功。他没有被成功弄昏头脑，坚定地向着一个又一个新目标前进。

　　东汉建立的时候，马援已经 40 岁。古人平均寿命较短，到了这个年纪，很多人都已经放弃了追求，觉得再如何奋斗，也没有什么发展，人生也就到头了。但是，也有一些人，无视年龄的羁绊，只要他们有理想，仿佛每一天都是青春。马援就是后一种人，他主动请缨东征西讨，平定各地叛乱。后世的经典成语"老当益壮""马革裹尸"等，典故都来自马援。

自古名将有很多，其中那些能够在生前和死后都受到万民敬仰的，必定有过人的智慧。马援是在战场上勇而无惧的猛将，但就是这样一个豪迈的将军，对待自家子弟的教育，心思却非常细腻。

马严和马敦，是马援二哥家的孩子。两个孩子不满10岁的时候，父母双亡。马援惦记着兄长的孩子，特地把他们接来抚养。

出身于武将世家，少年时代的马氏兄弟喜欢击剑和骑射，经常和游侠、义士聚会，以抨击他人为乐。东汉时期，有品评人物之风，很多人为了得到名士的赞誉，就百般用心邀宠于世。与马氏兄弟交往的，多为狂悖不羁的人物，经常乱发议论，讽刺他人。近朱者赤，近墨者黑，马严和马敦也就沾染了这样的风气。

马援深得皇帝信赖，官至伏波将军，世称"马伏波"。因为有马援这个叔父做靠山，马严和马敦更加肆无忌惮。

马援知道了马严和马敦的事情，他非常忧虑。他马上寄信，信中一再叮嘱孩子们要谦虚低调，谨言慎行，不要随意出风头，要努力积累实力，抓紧时间学习，充实自己，改变命运；不能高调招惹是非，要出言谨慎。马援的处世经验来自他多年的官场沉浮，他看透了世态炎凉，明白如果想做一个正直的好人、想做些事，前提是要低调。

他举了两个例子，一个是龙伯高，一个是杜季良。

零陵是东汉的一个郡，在今天湖南一带。东汉初年，这里多方势力混战，民不聊生。马援前来平叛，却因为崇山阻隔，供给不足，一时间很头疼。一个人在危难的时候，特别需要帮助，但是锦上添花易，雪中送炭难，很少有人能够伸出援手。

龙伯高是马援的同僚，当时出任山都长。龙伯高在这个时候站了出来。他变卖了家产，充作军饷，支持马援的军队。由于他为官清廉，家无长物，连妻子的发钗都卖掉了。患难见真情，马援对此非常感激，视龙伯高为知己。

马援的心目中，龙伯高是低调谦虚的君子，他本也没有多少钱财，却能将所有的家产拿出来支援前线，做了这么多事，却不张扬，这样的人品高贵，会得到别人的爱戴。

杜季良是马援的另一个同事。杜季良豪爽大气，特别爱结交朋友。但他经常因为大大咧咧，出言不逊，得罪了不少人。

马援的教育简单生动，他拿出现实生活中的两个朋友来做对比，希望侄子们有所领悟。

马援并不是教侄子们要圆滑、总不得罪人，他期望孩子们能够学龙伯高，因为如果孩子们学习忠诚厚道的龙伯高，高调做事，低调做人，谨慎小心，纵然不能学得那么人品贵重、高风亮节，但至少也可以做到谨慎行事、避免伤害，不将时间浪费在无谓的事情上。他明白纵然得到虚妄的名气和毫无价值的吹捧，也不能增长智慧。

如果孩子们学习杜季良，也会变得很有正义感，忧人之忧，乐人之乐，无论好人、坏人，都合得来。可议论别人是非，就会得罪一些人。更重要的是，杜季良已经得罪了一些人，可他自己竟还不知道，就因为他做人方面太高调了，这在乱世之中是很危险的。有正义感、能够关心别人自然是好事，但是随意评判别人，就很不理性。再说，孩子们年纪尚小，是非判断能力不强，长此以往，就会变得总以自我为中心，进而有可能变成纨绔子弟。

通过这两个例子，马援告诉孩子们应该如何做人。他很了解一个人的性格成长方向，明白作为武将子弟的马严和马敦，更应该小心做人，收敛锋芒，保存实力，要在关键时候决胜疆场，不能因小失大，以唇舌之争来招惹是非，失去展现才能的机会。他太了解孩子们的心理，并非一味否定孩子的行为，而是站在客观的角度上，以事实来说话，让孩子们自己去理解。

马援没有否定孩子们待人处世的观点，给了他们说出自己想法的权利。他只是告诉孩子们要将这些观点低调地放在心里，不能在不恰当的地方说出来。保持着谨慎的克制，运用理性的思考，智慧地处理事情，这样才能够修炼人格，每天进步一点儿点儿，终成大器。

具有戏剧性的是，马援的这封信，后来无意间被杜季良的政敌发现了。他们借题发挥，竟然拿着马援的家书当佐证，上书皇帝，指责杜季良。这也说明马援的经验和眼光都比较正确，杜季良得罪的人的确有一些是小人，不然也不可能用这种方式去拉着马援攻击杜季良。杜季良并不知道自己得罪了太多的人，而有些人是没有底线的。虽然这出闹剧没什么结论，也成为当时的一桩新闻，足见杜季良的风评的确堪忧。

马严和马敦，听从了叔父的劝诫，潜心研究经学，专门结交谦逊低调的英才。他们改变了浮躁的作风，专心读书，让他们能够增长见识。一个人的学问越大，就越谦虚低调。在青少年时期学到的东西、交到的朋友，对一个人的一生影响都特别大。马严和马敦能够听从马援的话，转了性子，他们的变化让长辈刮目相看。马援放心地将家中事务，托付给了他们。

公元 48 年，已经 62 岁的马援，再次主动请缨，去平定武陵的叛乱。皇帝刘秀担心他的身体，他在刘秀面前披铠甲、上战马，雄风依旧。刘秀夸赞他是"最精神的老头"，准许他领兵出征。

马援从来没有被岁月打败，每当国家需要的时候，他都勇往直前，不会退缩，也不怕得罪人，高调地摆明自己的立场，坚定地走自己的路。他让孩子们不要无谓地评论旁人、消耗生命，但在大是大非上要有主见，最终成就一番伟大的事业。

这一次，马援没有回来。他实现了自己"马革裹尸"的夙愿。

马援以身作则，为家族树立了谦逊正直的家风，他的子孙深受汉室倚重。一个家族，最宝贵的财富就是良好的家风，有良好的家风，才能够正确认识自己，有做人的原则和修养，也有做事的决心和拼搏和能力。有了这样的传家之宝，才能有文化的绵延，才有传承稳固的精神基石。

马严后来也成为一代名臣，因正直为世人所称道。正直是宝贵的品质，马严听从了叔父马援的教导，他明白了一个道理：正直，是坚定自我，明辨是非，向着正确的方向不断前行，不做无谓的消耗，影响和带动更多人进步，成就自己，惠及天下。

化干戈，退一步海阔天空

三国争雄，得荆州者，方能制霸天下。

荆州是吴国的门户，一旦失守，西面会受制于蜀国，北面会受制于魏国，存亡在旦夕之间。诸葛亮的《隆中对》就为蜀国夺取天下制定了路线方针，必须要占领荆州，吴国、蜀国要联合抗魏，但是在荆州的问题上，两方互争不下。

公元二一八年，在吴国夺取荆州的关键时刻，前线军营居然发生了一起骚乱。肇事者，竟然是吴王孙权的堂弟孙皎。

自吾与北方为敌，中间十年，初时相持年小，今者且三十矣。孔子言『三十而

立』，非但谓五经也。授卿以精兵，委卿以大任，都护诸将于千里之外，欲使

如楚任昭奚恤，扬威于北境，非徒相使逞私志而已。

近闻卿与甘兴霸饮，因酒发作，侵陵其人，其人求属吕蒙督中。此人虽粗豪，

有不如人意时，然其较略，大丈夫也。

……

夫居敬而行简，可以临民；爱人多容，可以得众。二者尚不能知，安可董督在

远，御寇济难乎？

卿行长大，特受重任，上有远方瞻望之视，下有部曲朝夕从事，何可恣意有盛

怒邪？人谁无过，贵其能改，宜追前愆，深自咎责。

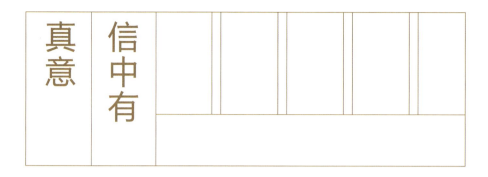

真意 信中有

自从我们与北方曹操对敌以来，已过去了 10 年，之前你年纪尚小，现在也近 30 岁了。

孔子所说的"三十而立"，可不仅仅只是读了四书五经而已，更重要的是能够承担重任。我之所以把精锐的军队交给你，就是相信你有能力在千里之外，率领众将士征战沙场。

近日听说你与甘兴霸饮酒，借着酒劲欺辱了他。眼下他怒气益盛，正要求调往吕蒙帐下。此人虽然粗鲁豪放，有令人不喜之处，但实际上，他算得上一个大丈夫。

……

举止彬彬有礼而又朴素的人，可以统治民众。

爱护他人并且宽厚包容的人，则可以得到民心。

这两点你尚且不懂，又怎么能够在远方督统三军、解救危难呢？

你已经长大成人，重任在肩。我一直在关注着你，将士们也指望着你，你怎么能由着自己的性子，动不动就大发雷霆呢？

每个人都会有过失，只要能改正就好。

信中有

故事

这是孙权写给堂弟孙皎的一封信。赤壁之战，曹操大败，魏、蜀、吴三足鼎立。然而，实力最强的曹操并不甘心失败，多次出兵攻打吴国。

三国争雄，孙氏宗室是吴国的中流砥柱。孙策占领江东八十一州，励精图治，他战死疆场之后，他的弟弟孙权成为江东之主。孙权雄才大略，谦虚宽厚，深得民心。他治军有方，连曹操也曾发出"生子当如孙仲谋"的感叹。

孙皎勇猛善战，也颇得人心，是孙权非常倚重的军事人才。可是这个堂弟有个缺点，就是心胸不够开阔，有些小心眼。孙皎不喜欢外姓将领，很多才华出众的外姓将军，像甘宁、吕蒙等，都不愿意跟他合作。

甘宁字兴霸，东吴"十二虎臣"之一，武艺超群，性格豪爽，作战勇猛。吕蒙虽为武将，却好学上进，能够知错就改。经过学习读书，他的才能突飞猛进，成为一代名将。他们本是东吴难得的人才，可因为孙皎不能容人，就总有纷争。

孙皎经常因为一些小事，与甘宁发生争执。有人劝甘宁息事宁人，躲着孙皎，以免矛盾加剧。但甘宁不听劝阻，我行我素。

《三国志》记载，在一次酒宴上，孙皎出言不逊，侮辱了甘宁。甘宁愤怒

不服。甘宁认为，同为人臣，大家应该平等相待，孙皎不能因为自己是孙权的堂弟，就高人一等。

甘宁豪爽，身负将才，自有傲气，也不可能轻易向权力低头，他需要得到尊重与理解。

"孟德有张辽，孤有甘兴霸"，孙权与甘宁，有过命的交情。他了解甘宁的性格缺陷，也了解孙皎的傲慢秉性，所以写信训导孙皎。他本着一片挚诚，告诉孙皎，甘宁是快人快语的粗犷之人，他很有个性，这是他的优点。作为领导，应当宽厚大度，善用人才，才能够得民心。

东汉末年，群雄争霸，曹操提出"唯才是举"，刘备为求贤而"三顾茅庐"。三国的开创者中，似乎只有孙权在人才建设方面的能力显得有些薄弱。

其实，孙权在识人和用人方面，丝毫不逊色于曹操和刘备。

18岁时，他就接过了父兄的基业。在他的统治下，东吴一直不断壮大。吴国能够立于天下，一个重要的原因就是孙权能够举贤任能。

当宗亲兄弟与外姓部下产生矛盾时，孙权始终保持公正，兼容大度。他从来不偏袒亲戚，秉公无私地处理问题，这样的君王才会得到臣子的爱戴。而他的家族子弟也能够得到好的教导，继承家风，让江东的治理日趋完善，国家得到更好的发展。

孙权明白凡事退一步就会海阔天空的道理，更能网罗人心。正因为如此，东吴众臣才会死心塌地为孙氏效力。

经兄长训导，孙皎意识到了自己的任性。他立即上书认错，与甘宁放下旧怨，结为好友。

孙权的家族出了很多英才，有才能卓越的孙策，也有宽厚仁爱的孙权，他们都有长远的眼光和宽广的胸怀，这有赖于良好的家风传承。

第二年，东吴大军平定了荆州。在一场重大的战役中，甘宁和孙皎同为后援部队，二人合作无间，立下大功。

能知错就改，是放过自己，走向新生，只有不断地提升认识，才能够把握住幸福，走向更加广阔的天地。东吴的胜利，正是孙皎和甘宁不记仇、放下旧怨、共同合作取得的，如果一朝反目成仇，互相伤害，就不会建功立业，到头来，害的是他们自己。

"家长制"是中国传统社会家族治理的主要方式。宗族里大家长的垂范作用，对于家族而言至关重要。

孙权凭借不偏不倚的行事作风，矫正了孙家子弟的骄横任性，延续了孙氏公正无私的家风。发现家族子弟不肖的作风，长者就公平正直地教诲后代，而不是包庇纵容，这才能够使一个家族始终昌盛，也能够推动事业的成功。吴国也得以成为汉末三国中，存续时间最长的政权。

孤独的
锦衣卫

真英烈，自有好家风。公元一五五七年，明代嘉靖年间，倭寇入侵浙江沿海。

沈炼的家乡绍兴，岌岌可危。然而此刻的沈炼，却被流放在漠北边关。

当时的大明王朝，外有倭寇入侵，内有奸臣当道。世道的没落，让很多人灰心丧气，严嵩父子权倾朝野，群臣敢怒而不敢言，唯独沈炼刚烈不惧。

寄件人：

沈炼

闻南来倭寇消息不祥，吾每念祖父坟墓及宗族亲友，往往伤心而泣下也。汝既

在家，诚能建立议论，倡导人心，竭忠致孝，以成民效之策，则吾愿足矣。

汝等读书，幼学壮行，树功立业，正此时也。范仲淹做秀才时，即以天下事自

任。况今南北告警，旱魃连年变人灾，四方迭见。当此之时，不可谓无事矣！

汝等不能出一言、道一策，以为朝廷国家；只知寻摘章句，雍容于礼度之间，

答谓责任之所不在于我，因循岁月时至而不为，则汝等平生事失而胥溺学者，

更亦何益？

……

宣大臣僚，与敌通和，私相纳贿，无复人理。吾以中心耿郁，每事必直言于当

道，彼等亦稍畏缩；但庙堂之中，欺君之计通行，而鬻官之声大震，不能不动

汝父之忧耳。

节选自《青霞集·与长儿襄书》

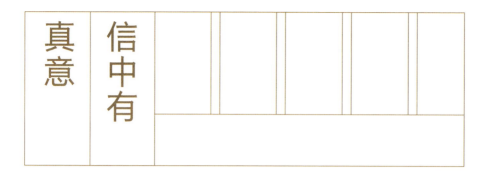

信中有真意

听到南方传来倭寇来犯的消息，我十分挂念祖父的坟墓，担心宗族亲友的安危，往往伤心不已，流泪不止。

你既然在家乡，如果能够筹划一个好的谋略，凝聚人心，尽忠尽孝，挽救危难，那为父的心愿也就满足了。

你们小时候读书学习，是为了成年后能够担当大任，眼下正是建功立业之时。

先前范仲淹还是秀才的时候，就立志以天下为己任。

何况目前南北两地旱灾连年，天灾人祸，交替出现。在这个时候，不能再说天下太平了！

眼下国家正逢危难，你们却不能出一言、献一策，只知道埋首纸堆，寻章摘句，不正视自己肩上的责任。在如此危难之际，不去为国家、为人民排忧解难，那你们平日所学的知识，又有何用！

……

朝廷官员与外敌相互勾结，私相授受，但眼下竟无人惩治他们。我感到十分着急，只要坚持向皇上进谏，他们就会有所收敛。

但现在朝廷上下都在欺瞒皇上，而且卖官鬻爵的情势越来越严重，为父甚为忧心啊。

明朝初期励精图治的朱元璋将巍巍江山整肃一新，可到了明朝的中后期，宦官专权，朝政日趋腐败。公元1557年，明代嘉靖年间，倭寇入侵浙江沿海。

沈炼的家乡绍兴，岌岌可危。而此刻的沈炼却被流放在漠北边关。

当时的大明王朝，外有倭寇入侵，内有奸臣当道。严嵩父子权倾朝野，群臣敢怒而不敢言，他们把控着明朝的朝局动态，很多良臣也被一一排挤，嘉靖皇帝闭门学长生之术，修行炼丹，却也没有放松过对权力的控制。然而，在严嵩父子的蒙蔽下，朝政日坏，没有人敢于直接揭露严嵩父子的丑行，唯独沈炼刚烈不惧。

公元1551年，沈炼以锦衣卫七品小官之身，上书皇帝。锦衣卫最早是皇家的仪仗队，后期也成为皇帝监督官员的耳目。但是，锦衣卫的官职是很小的，连内阁的一些朝臣都对付不了严嵩，沈炼此举明明是以卵击石，但是他坚决选择了这条路。

他痛陈严嵩纳贿、揽权等十大罪状，骂严嵩父子是误国奸臣，请求皇上诛之以谢天下。他几乎是担着掉脑袋的风险，放弃稳定的工作，而以道义和责任来履行不可能完成的任务，因为他不能眼看着国家因这一对奸臣父子弄权而败落，万民涂炭。

历史不会是笔直的大道，当世道日非，只有英雄的出现，才能够改变时势，不然就会一路向下。沈炼正直刚烈，他注重时局，关注民生，不惧任何的丑恶，也不怕任何风险，如此直言犯谏，是良知的驱使，也是道义的责任。

忠言逆耳，嘉靖不但没有听取，反而斥责沈炼诬陷。沈炼被杖责之后，贬谪到荒凉的北方。

沈炼有三个儿子，两个尚在幼年，只有长子沈襄已经成年。

沈炼希望儿子能以范仲淹为榜样，先天下之忧而忧，为国家，为百姓，挺身而出。

很多人有了家庭就会顾着自家的一亩三分地，不会想着去为天下做事，只想着为子孙后代谋利益，没有好的家风，变得自私霸道，不讲道理，最终成为无足轻重的庸人。

沈炼不是这样，他有美满的家庭，也有好的工作。但是他纵然被皇帝处罚，流放到苦寒之地，也没有后悔，更没有一点儿退缩之意，也不会让儿子们明哲保身，罔顾是非。如果儿女们自私自利，就违背了他的教诲。如果家家都有这样的家风，自然会涌现出一批批的忠良之人、正直之士，而中国的历史正因为有了这样的人出现，才能一次次扭转昏愦的时局，顶起民族的脊梁。

《明史》中记载，沈炼文如其人，刚直不阿。他在溧阳做知县的时候，被锦衣卫指挥使陆炳看中，擢升到京城做文职。但他嫉恶如仇的性格，与当时的朝堂氛围格格不入。不论在任何职位上，只要这个人是正直的，那他一定会散

发出精神的光芒，有着无穷的力量，做出一些非同寻常的事情。沈炼就是这样的人。

嘉靖年间，锦衣卫是黑暗和恐怖的代名词。而沈炼，实属锦衣卫中的一个异类。

锦衣卫是明代专有的军政情报机构，其前身是朱元璋设立的"拱卫司"，主要担负侦查、逮捕、审问等职责。在明朝设有东厂、西厂，与锦衣卫也有一定的关系，称为"厂卫"，很多时候，一些无辜的朝臣也会被抓捕审问。在这种机构里干活，奸邪之徒就会从中谋利。何况，锦衣卫也不是谁都能做的，有一定的门槛，多为贵族之后或是官员子弟，得了这个饭碗，也算是有一定的特权，谁也不会轻易放弃利益，去干些没好处的事。

但是，沈炼不一样，他不想做这样的人，就算在锦衣卫这个人人当成宝的职位上，他也要追求正义。他利用这个职位查找严嵩父子的问题。锦衣卫指挥使陆炳和严嵩父子交好，沈炼多次陪同陆炳，到严家喝酒，因此掌握了不少罪证。

沈炼不能忍受丑恶，就算是周边的环境黑暗，也要发出自己的声音，要抗争到底。即便身处塞北贬谪之地，沈炼攻击严嵩乱党的炮火，依旧猛烈。

奸相严嵩，以行贿受贿闻名于世。那时，御史大夫所弹劾的贪污大臣之中，严嵩一直位列榜首。严嵩利用他的权力，让严世蕃不断巧取豪夺，排除异己，卖官鬻爵，贪腐成性，还编织党羽，弄得民不聊生。

嘉靖皇帝迷信道教，青词是道教向上天请求指示的方式，严嵩擅长写青词，因此受到宠信。嘉靖皇帝还喜欢写一些让人很难懂的字词，让臣子猜他的意思，而严嵩的儿子严世蕃经常猜得中，因此得到嘉靖皇帝的赏识。

每次受到弹劾，严嵩都会跑到嘉靖那里，表忠心，诉衷肠，蒙混过关，屡试不爽。

沈炼一次又一次的弹劾与进谏，令严家父子恨之入骨。沈炼贬谪期间，仍旧写文章讽谏。一个人的信念，是不可战胜的，哪怕他身处危险之中，也要让皇帝知道严嵩的奸佞。沈炼是一个铁骨铮铮的男人，是绝对傲然青史的存在。

他在贬谪的路上，仍旧讽谏严嵩，这更让严嵩火冒三丈。他让亲信罗织罪名，准备杀沈炼而后快。

为了践行心中的道义，沈炼九死不悔。然而，在黄钟毁弃、瓦釜雷鸣的时代，这种执着，往往就是一场悲剧。沈炼也逃不脱这样的宿命。

沈炼明白这个道理，他已经抱定了必死的决心，黑暗的世道必须要有前行者来探路。他无所畏惧，这就是人间正气。

就在这年秋天，沈炼被构陷为白莲教一党，斩首于街市。他的两个幼子，都被严氏党羽杀死。只有长子沈襄侥幸留得性命，发配戍边。

也许有人会说，舍去小家，而护国忠良，最后连孩子也被杀害，这值得吗？

沈炼希望孩子们活得有个人样，死了也有意义，不以苟且偷生为念，而以报国捐躯为正途。也许对于小家来说，这样的处罚打击是沉重的，但对于天下来说，对于那些挣扎在严嵩的恐怖手段之中的贫寒百姓来说，沈炼一家的付出是意义重大的，这就是大义，也是历史上永远铭记的精神。

顽强不屈的斗争，彪炳史册。以死抗争的沈炼激励了当时的正直之士，加速了严氏集团的覆灭。

后来，名臣徐阶看准时机，巧用权谋，让嘉靖皇帝明白了严氏父子的倒行逆施造成的危害，严世蕃终被斩首，严嵩在骂声中死去，他们编织的一手遮天的黑网，也随之覆灭。

沈炼，炼骨成义，百折不屈，烛照千秋。他以生命为代价，树立了沈氏一门刚直不屈的家风。

沈襄一直遵循父亲的告诫，一心一意为民造福。史书记载，沈襄为官，"案无滞留，赈济有方，筑堤防洪，县民称安"。

沈炼若泉下有知，可以瞑目。

中国古代总会有满门忠烈的情况，往往一个家族中有这样有骨气的人物，就会带动家族精神的刚直韧性，不会走上歧路，败坏门风。只有正气浩然，方能千秋长存。

如果家庭缺少温暖，有霸道任性、为非作歹的人，就会坑害后代，孩子们也没法得到好的教育，没法走上新的人生。所以现在人们十分关注"原生家庭"，人的成长的确与原生家庭或家族密不可分，虽然走上歪路不能完全归咎于家庭环境，但好家风的确会成为人的一生的宝贵财富。

中国儒家讲求修身、齐家、治国、平天下，然而，一些父母并不懂得修身，也不会给孩子正确的教诲，相反教会他们的都是一些社会上的所谓混世经验，这样的家庭中成长的孩子，将来的路上就会受到很多的引诱，无法定性。

沈炼用他的生命告诉他的孩子们如何做一个正直善良的人，只有正道是沧桑。

先生之风，山高水长

北宋重视文化建设，思想一度较为活跃，出现了一批名臣。文以治国，武以护邦，范仲淹就是其中的翘楚，公元一〇四三年，是范仲淹人生中特殊的一年。

朝中，宋仁宗任命他为副宰相，进行变法革新，史称『庆历新政』。宋代文人积极探索建立了强大的思想体系根基，范仲淹针对弊政，认真思考，从实务上着手，推动国家进步。

家里，他寄予厚望的侄子大参，就要出仕做官了。

寄件人：	宋朝来信
范仲淹	

吾贫时，与汝母养吾亲，汝母躬执爨而吾亲甘旨，未尝充也。今得厚禄，欲以养

亲，亲不在矣。汝母已早世，吾所最恨者，忍令若曹享富贵之乐也。

……

京师少往还，凡见利处，便须思患。老夫屡经风波，惟能忍穷，固得免祸。

大参到任，必受知也。惟勤学奉公，勿忧前路。慎勿作书求人荐拔，但自充实为妙。

……

汝守官处小心不得欺事，与同官和睦多礼，有事只与同官议，莫与公人商量，莫

纵乡亲来部下兴贩，自家且一向清心做官，莫营私利。当看老叔自来如何，还曾

营私否？

……

节选自范仲淹《告诸子及弟侄》

信中有真意

大参，早些年家里还贫困的时候，和你母亲一同赡养祖母。你母亲做饭我尝咸淡，生活一直很艰难。

如今有了丰厚的俸禄，想要好好补偿她们，她们却已不在人世。

让我感到遗憾的是，你们现在都过着富足的生活，从未有过我年少时的经历。

……

少来往于京师。看到有利可图之处，反而应当想到隐患。

这些年我之所以历经风波而无大难，就是因为在穷困时学会了忍耐，养成了不被利益驱使的心性。

大参，你任职后要一心勤学奉公，不必过于担忧前途，万不可写信求人提拔。只有充实自己，才是最好。

……

大参，你做官，不可办欺骗之事，要与同事和睦相处，以礼相待。

记住，一定要做清心之官，切不可营取私利。

你看老叔我，可曾谋求过私利？

宋代有一条规定，高级官员可以推荐家中子弟担任低级官吏，称为"荫补"。因此，很多官宦子弟不求上进，凭借荫补进入官场。只要开了这样的"后门"，风气就会急转直下，人情社会的关系网无孔不入地渗透，不仅堵住了寒门子弟的上升通道，也让官宦子弟不愿意凭真本事考试，腐化堕落。

官至副宰相的范仲淹，收到了许多范氏族人的来信，谋求一官半职。范仲淹很明白问题所在，他都拒绝了。他对族人不讲情面，不走门路，要求他们不断充实自己，就算是当了官，也要时时自省，勤学奉公，努力上进，不能虚伪邀名。

很多人只知跟风，全无主见，混世攀附，看似名利双收，实则丧失根基，找不到自我，无法实现价值。范仲淹身居高位，能够做到这样的自律廉洁，不为歪风邪气所动，不讲所谓的面子，实在是难能可贵。

庆历新政期间，范仲淹提出了 10 项整顿吏治的举措，其中一条就是针对荫补法的。

他提高了享受荫补制度的门槛，并且规定无论谁家子弟，必须经过考试，才能得官。范仲淹以身作则，侄子大参就是参加考试而得到官职的。不能为了怕得罪亲友，就放弃原则，他做到了，也从此树立了清风正气的家风。

范仲淹称得上是中国历史上的"完人"。他自律而自信，无私更无畏，公正且公平。他离世后，宋仁宗亲赐谥号"文正"，因此后世称他"范文正公"。

儒家及知识分子首重的就是道德修养，德为才之帅，才为德之辅，德才兼备，才能够实现经世济民的理想，不然一旦手握重权或自负才学满腹，而行事猥琐，则不可能达到人生应有的高度。

自古雄才多磨难，从来纨绔少伟男。范仲淹坚信少年时代的磨难，可以塑造一个人优秀的品格。

22岁以前，范仲淹名叫"朱说"。他的父亲早逝，母亲不得已嫁到山东朱家。一次偶然的机会，在朱家子弟的嘲笑中，他才得知自己的身世。被人耻笑、排挤，童年的经历往往会影响一个人的一生，范仲淹没有抱怨、愤恨，而是将坎坷变成他前进的动力。历史就是由这些坚定自我信念、不被嘲笑讥讽打倒的人来推动的。

在古代，想要自立门户，读书是唯一的出路。范仲淹要改变自己的人生。

《宋史》记载，范仲淹寄宿在佛寺读书。每天晚上，他会煮一锅小米。一夜熬炖，米粥凝结成胶之后，用刀划成四块，早晚各吃两块，就填饱了一天的肚子。夜晚看书犯困，他就用冷水洗脸提神。这样的高度自律，是他一生的习惯。

范仲淹刻苦学习，也没有忘记观察社会，以坚定信念践行他的理念，那就是立志报国，济穷扶危，澄清天下。

26岁的时候，范仲淹考中进士。接下来有十几年时间，他在地方担任小官。一些贫寒出身的学子当了官后，有可能受不了财富的诱惑，只学会巴结逢迎，

忘了理想和初心。范仲淹不同，哪怕官小位低，他也要尽职尽责，为百姓说话，克勤克俭，做些善政实事。这样的人所求并非高官厚禄，而是要为国出力，为民做事。

出身贫苦的范仲淹，更能体察民间疾苦。他为百姓做了很多实事。

在泰州，他见海堤失修，百姓流离失所，于是上书建议朝廷，在今天连云港到长江口的沿海修筑海堤，百姓称之为"范公堤"。

范仲淹生活的时代，北宋内忧外患不断。

边疆战事不息，官员数量庞大。军备和官员的相关支出，在财政花费中占了很大比例，百姓日益贫苦。国家出现了积贫积弱的局面。

公元1036年，范仲淹为宋仁宗呈上"百官图"。这可以说是一份在职管理考察报告。他列出了众官的擢升情况，剖析其中的不科学与不合理，进而批判当时的宰相吕夷简广开后门、任人唯亲。他明知这样会得罪人，但是也坚信选拔优秀的人才授官任职，就是对百姓最大的负责，如果用人不当，权力越大，危害越大。

范仲淹官职不高，但他要不平则鸣，将黑暗的现实刺破，他的勇气来自哪里？就来自他从小到大的坎坷经历，和不断学习磨炼、始终坚持的内心正气。

吕夷简老谋深算，进谗言，让范仲淹被贬到江西饶州。贬官的一路上，没有人敢接待范仲淹。他毫不在意，写诗道："世间荣辱何须道，塞上衰翁也自知。"再难走的路也要走下去，他不后悔选择，求仁得仁，能够秉心做事，才没有辜负上天给予的时光。

艰难的岁月里，范仲淹的妻子病逝，他自己也身患重病。他的生活变得贫寒而孤苦，没有人可以安慰陪伴他。有朋友写信来规劝他，不要像啄木鸟凿树洞一样，更不要像乌鸦一样，只报忧不报喜，不然终将招来杀身之祸。

范仲淹的回复是：宁鸣而死，不默而生。

当北宋和西夏的战争爆发后，范仲淹与韩琦共任陕西经略安抚招讨副使，采取"屯田久守"的方针，巩固边防，他关心士卒辛劳，写出"塞下秋来风景异，衡阳雁去无留意。四面边声连角起，千嶂里，长烟落日孤城闭"等描述边关士卒甘苦风霜的词句。

公元1043年，宋仁宗重用54岁的范仲淹，开启"庆历新政"。范仲淹向仁宗上《答手诏条陈十事》疏，提出"明黜陟、抑侥幸、精贡举、择长官、均公田、厚农桑、修武备、减徭役、推恩信、重命令"等10项以整顿吏治为中心，意在限制冗官、节约财政支出、惠及民生的改革主张，要求官员必须按时考核政绩，以其政绩好坏分别升降。更荫补法，规定除长子外，其余子孙须年满15岁、弟侄年满20岁才可得恩荫，而恩荫出身必须经过一定的考试，才得补官。这些改革主张都触及了贵族的既得利益，"庆历新政"仅仅推行一年，就在阻挠和陷害下，以失败告终。

范仲淹不得不离京任职。这一年，他已经56岁了。两年后，他写下令人感慨万千的《岳阳楼记》。其中那句"先天下之忧而忧，后天下之乐而乐"，正是他未能实现的夙愿。

就算如此艰难，他的志向依旧不变，捐出自己一生的积蓄，在苏州购置1000亩良田，建立"范氏义庄"。

以范氏义庄的名义，范仲淹设立义田、义学，救济族人和乡邻，教化子弟。

范仲淹的善举，开创了慈善事业的先河。范仲淹对义庄的田产管理、惩罚机制等等都做了详细的规定，义庄不能售卖田产，但要善于运营，利用田产等收入，来兴学济困，对外来义庄的人也不分贫富，一律接济。

范氏义庄形成了有效的运转模式，广施恩惠，也影响了很多人。《吴县志》记载，一直到清末，苏州府一带共有"义庄"62家，"义田"7万多亩。直到1949年，苏州还有"义庄"23家。

财富到底有什么意义？要让更多人过上好日子，这就是范仲淹舍弃家财、兴建义庄的初心。他要让孩子们得到好的教育，老人们居有定所，能够得到好的照顾，本族兴盛，惠及旁人。治家如治国，家国天下，以族为承续，不断影响着社会，范仲淹的义庄用意深远。

寄件人:

范仲淹

吾遇夜就寝，即自计一日饮食，奉养之费及所为之事，果自奉之费与所为之事相称，则鼾鼻熟寐，或不然，则终夕不能安眠，明日必求所以称之者。

节选自张光祖《言行龟鉴》

每晚就寝前，我要合计一天的俸禄和所做的事。

如果二者相当，就能安枕入眠。如果不是这样，内心就不安，闭目也睡不着。

第二天一定要做事补回来，让所作所为对得起俸禄。

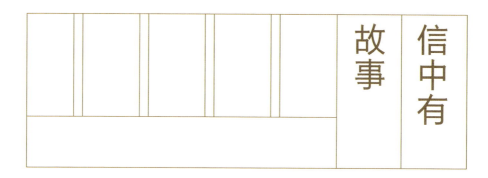

故事 信中有

晚年的范仲淹，散尽家中财物，和家人借宿在官府的房屋中。他在信中这样写自己一天的生活，每天晚上睡觉前，都要反思所做的事情，要对得起百姓，让每一天都能对得起自己。有自省之心，才能每天精进，哪怕是年事已高，但只要在思考，在行动，那就是一种年轻。

一生不求名利，但求心之所安，这就是范仲淹。

公元 1052 年，63 岁的范仲淹离开人世。他选择了一条难走的路，但终会有人明白。他的死讯传开后，举国哀痛。

范仲淹的一生跌宕起伏，始终不改的，是对天下的一片忧心。为了深爱的

家国和人民，他甘当啄木鸟和乌鸦，用这一人忧，换得天下乐。

"先天下之忧而忧，后天下之乐而乐"，说来容易，但是真正做到的人都是历史上最为光辉的人，他们无时无刻不在做着最难的事情，因为要与贪欲做斗争，同时又要与周边的浊流暗网来博弈，意志与信心、智慧与力量也只有在这样的时候才能发挥到最大。社会也在他们的打拼中不断变化。人生如梦，活了一世，就要璀璨发光。

在他的激励下，短短40年间，范氏家族有多位进士及第。他的次子范纯仁，一生辅佐过5位皇帝，史称"布衣宰相"。史家评价他"位过其父而有父风"。

"云山苍苍，江水泱泱。先生之风，山高水长。"这是范仲淹赞扬汉代文人严光的词句，他本人也当之无愧。

待从头，收拾旧山河

人生自古谁无死

丈夫何处不为家

苟利国家生死以

愿得此身长报国

留取丹心照汗青

有国，

才有家。

国家强大了，

人民才会有尊严。

中华民族历尽磨难，

却生生不息，

正是因为有着前仆后继的脊梁，

为中华之崛起，

一路奋战，

至死不渝的英雄。

沧桑变幻，

江山血染，

他们浩气长存，

凝尽血泪，

铸成青史。

待从头，
收拾
旧山河

国家曾经蒙受的耻辱，能够遗忘吗？

有的人，可以在一时的安逸中偷生；而有的人，为了信念一路奋战，慷慨赴死。

公元一一四〇年，北宋灭亡后的第十三个年头。靖康之耻，江山沦陷。然而，南宋却是"暖风熏得游人醉，只将杭州做汴州"，很多人已经淡忘了家国之恨，只顾享乐。

三十八岁的岳飞，压抑着满腔的不甘和愤懑，给南宋皇帝赵构，写下了这封信。

寄件人：	宋朝来信
岳飞	

契勘金虏重兵尽聚东京，屡经败衄，锐气沮丧，内外震骇。闻之谍者，虏欲弃其辎重，疾走渡河。况今豪杰向风，士卒用命，天时人事，强弱已见，功及垂成，时不再来，机难轻失。臣日夜料之熟矣，惟陛下图之。

出自岳飞《乞止班师诏奏略》

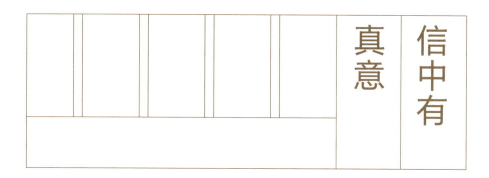

信中有真意

　　微臣观察，金军重兵全部集结在开封府。经过几场败仗，他们锐气骤减，胆寒心惊。根据情报，他们准备放弃辎重，逃回黄河以北。

　　如今天下豪杰与我军一心，各路人马舍命杀敌。可谓天时地利占尽，强弱分明。

　　这样大好的机会，失不再来，决不能轻易放过呀，陛下！

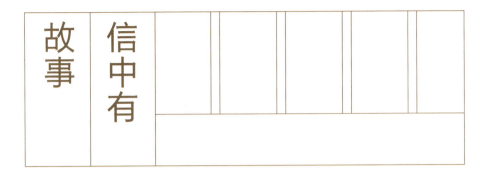

这个机会，岳飞等待了 13 年。

北宋道君皇帝宋徽宗昏庸，任用奸佞，弄得内外交困，走到了腐朽的边缘。公元 1125 年，金军挑起战火，一路进攻北宋。两年后，北宋都城开封本有可能整顿兵马迎战金兵，又因皇帝的错误判断了时事，而被金兵攻入陷落，宋徽宗和他的大儿子宋钦宗被俘虏。赵氏皇族和王公大臣 3000 人，还有超过 10 万的受难百姓，被金军押往遥远的北方。繁华一时的开封城，人口从几百万骤减到几万人。战乱之中，百姓流离失所，哀嚎遍野，金兵横掠残暴，弄得生灵涂炭，民不聊生。

这一年，岳飞 24 岁。他的家乡河南汤阴县，就是这场战争的重灾区。目睹山河破碎，尸横遍野，岳飞的报国之心开始燃烧。他出身贫寒，可精习武艺，母亲教诲他要"尽忠报国"，年轻的岳飞绝不低头，总会找机会读书习武。

但是，当时的北宋一盘散沙，没有了皇帝，不少地方变乱骤起，金兵压境，内忧外患。终于，幸免于难的宋徽宗第九个儿子赵构，在今天的河南商丘称帝，南宋开始。

农户出身的岳飞，投奔赵构麾下，开始了报国之路。他跟随过宗泽等名将，他以非凡的武艺，善用兵法，"运用之妙，存乎一心"，他从战争实践里摸索，调整战术，取得了不少胜利。

岳飞的军队绝不骚扰百姓，他军纪严明，哪怕是后来他的儿子岳云犯了军法，他也依律处罚，并不偏私，因此岳家军的风气极正，上阵冲锋个个争先，绝无贪婪耍滑之辈，与欺压良善之人。

岳飞从来是以身作则，他不会和兵士们讲那些空话、官话，而是用行动来说话。他与士兵们风餐露宿，上马杀敌，从来是父子兵，绝不避险。他招揽英雄，不计出身，不分贵贱，只要有才，肯为国家出力，就广泛接受，这使得他的麾下有了很多真正有实学的武将，比如杨再兴、张宪等。

岳家军的良好风气，也吸引了大量的流民投军，人数不断增加，在百姓心中的威望甚高。能够跟着岳飞杀败金军，成为很多入伍从军的士卒的优选项。这在积贫积弱的南宋是很难得的。岳飞也从来不会像一些贵族出身的将领那样瞧不起民间的武装，只要是抗金的义兵，他都努力统一团结，让他们共同形成强大的聚合力量，让金兵感觉到压力。

这也是他的老领导宗泽的韬略，那就是"联结河朔，对抗金兵"，河北的忠义民兵在支持岳飞抗金的历程中的确发挥了重要的作用。岳飞的方向和战略是很明确的，他很坚定地走自己的路，这也是他成功的关键因素。

寄件人：

岳飞

彼方谓吾素弱，未必能敌，正宜乘其怠而击之。

……

有苟安之渐，无远大之略，恐不足以系中原之望。

节选自岳飞《南京上皇帝书略》

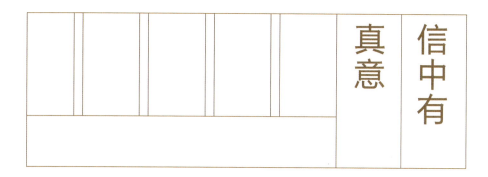

信中有真意

陛下，金军素来以为我们软弱，抵挡不住他们，可以趁此麻痹大意之时攻击他们。

苟且偷安的想法，会让宏图大志消失殆尽，有愧中原百姓的期望啊。

这是岳飞 24 岁时，第一次上书给赵构。此时的岳飞，只是一名低级军官，他根本没有资格向皇帝进言。但是他不怕风险，就要坚持说出心里的话，因为当时南宋的君臣有些惧怕金军，苟且偷安。在战场一线、有着充足战斗经验的岳飞，明白只要上下齐心，金军不是不可能打胜的，只要联结河朔地区的忠义民兵，再对南宋的精锐部队加以训练，趁着金兵误判局势、骄傲自满之时，全力攻击，就一定能打败金兵。

南宋的一些朝臣想着的却是以和谈为主，只讲防御，不讲进攻。实际上，如果不进攻，整个战局就很被动，而金兵就会狮子大开口，不断要求南宋割让土地、交纳财富。岳飞看出了金兵的弱点和野心，就想要说服皇帝，以进攻来聚拢人心、提振士气，争取胜利。

但是，赵构已经被金兵打怕了。他曾经为躲避金兵到海上逃难。对与金军开战，他是有心理阴影的。再则，岳飞是站在中原百姓的期望这一立场上，希望收复河山，可赵构却认为他一个小小的武将，竟敢直接批评皇帝，难以忍受。岳飞因"僭越"之罪，被革除军籍。

一心报国的岳飞从不言弃，宋代可以布衣上书，他哪怕只是一介草民，也要直言犯谏。在抗金的日子里，他一次又一次上书皇帝，字里行间永远不变的是收复山河的拳拳之心。

岳飞留下的文字除了诗词，更多的就是这一封封的奏书，语言朴实，恳切真挚，不会摆弄虚文，句句直击主要矛盾，足让那些只会舞文弄墨的伪君子汗颜。

寄件人:

岳飞

中原地尺寸不可弃，今一举足，此地非我有，他日欲复取之，非数十万众不可。

节选自《宋史·岳飞传》

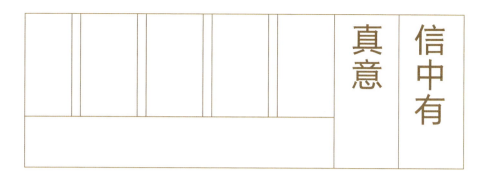

信中有
真意

中原的土地，一尺一寸都不能抛弃。今日一走，山河即非我所有。

他日如想收复，没有数十万战士抛洒热血，是万万拿不回来的。

信中有故事

公元 1130 年，金军直入江南。这一次，他们要灭亡南宋。他们用了各种方式，甚至让伪齐"皇帝"刘豫来打头阵，只要打下来南宋地盘，就划到伪齐治下，内外勾结。在此之前，金兵还曾立过张邦昌为皇帝，收买人心，力图瓦解南宋上下抗金的斗志，政治手段和军事进攻两手一起来，就是要灭掉南宋。

岳飞和他组建的岳家军，成为抗击金军的最后一道防线。他训练的岳家军，不拿百姓一点儿钱，精熟武艺，以报国为志。他与士卒同甘共苦，所用的兵法正奇皆出，让金兵无法抵抗。

岳飞历经半年的苦战，屡屡获胜，岳家军重挫金军。金军退回江北，南北对立，相持不下。岳飞认为"文官不爱财，武将不惜死"，这样才能天下太平，惠及黎庶，而他本人也是这样做的，一支铁打的军队就这样练出来了。南方免于战乱之苦的百姓，对岳飞感激涕零，以至于把他的画像供奉在家中，祈求平安。

寄件人：

岳飞

自中原板荡，夷狄交侵，余发愤河朔，起自相台，总发从军，历二百余战。

虽未能远入夷荒，洗荡巢穴，亦且快国仇之万一。今又提一旅孤军，振起宜兴，

建康之城，一鼓败虏，恨未能使匹马不回耳！

节选自岳飞《五岳祠盟记》

真意 信中有

　　自从中原混乱动荡、外族相继入侵以来，我从相州立志发愤，自投军以来，经历了二百多次战斗，虽未能打到边关，踏平金军巢穴，却也算是雪洗了前仇的万分之一，痛快啊！

　　如今我率一支孤军，从宜兴奋勇拼搏而出。建康之战，一举破敌，只恨没打得他们连一匹马都回不去！

　　岳飞从投军以来，抛家舍业，不顾安危，大大小小的战斗参加了几百场，就是为了一雪靖康之耻。他不仅要守住江南，更期待有朝一日能够收复中原，当时的金国已占有了河北、山东等地。1129年秋，又兵分多路向南进犯，攻占建康，意图直捣临安、一举灭亡南宋。

　　建康是宋朝的关键城市，收复建康是一个转折点。岳飞收复失地的北伐计划，终于可以开启了。

　　岳飞的目标很明确，他要直捣黄龙，打到金国的都城，收复所有失地。有了建康，就有很多资源积累，从而形成新的战略纵深，一步步推进。

　　第一次北伐，岳家军的兵将齐心合力、张宪、牛皋等将奋勇当先，岳飞指挥若定，他身先士卒，以少胜多，一次又一次将金兵的主力打败，收复襄阳六郡，被擢升为有宋一代最年轻的节度使。

　　第二次北伐，岳飞详细调查了敌情，采取了多种战术，让金兵无力抵挡，节节败退。他联合当地的义军、百姓，只用了数月时间，就收复了黄河之南的大片土地。这是南宋十年来从未有过的胜利。

然而，就在岳飞计划乘胜追击、一举光复河北的时候，赵构却下达了调兵的命令。这里有很多种原因，有人认为赵构是惧怕一旦岳家军真正收复河山，就会迎回被俘的宋钦宗，那他这名不正、言不顺的皇帝就得下台。其实，宋钦宗在南宋朝廷已经没有根基，并不能对赵构造成威胁。但在张浚、秦桧等人的煽动下，赵构收回了令岳飞北伐的命令。

　　身在前线的岳飞，情急之下，写信给宰相赵鼎。赵鼎是有主战之意的，但是他能够说上话的空间并不大。他最初在主和与主战之间态度并不明确，因为当时赵鼎没有看出秦桧的主和的问题，但是，后来他发现了秦桧的小人作为，而主和也不能够挽救国家危难，他就坚决主战了。可这时候，秦桧在南宋已经位高权重，可与赵鼎分庭抗礼，又得到赵构的支持，所以赵鼎收到岳飞的信后，即使苦谏，让赵构转变心意的可能性也很小。

书简阅中国

河洛之民，纷纷扰扰。若乘此兴吊伐之师，则克复中原，指日可期。真千载一期也！

……

窃惟阁下素切不共之愤，熟筹恢复之才，乞于上前力赞俞旨，则他日廓清华夏，当推首庸矣。

节选自岳飞《遗札》

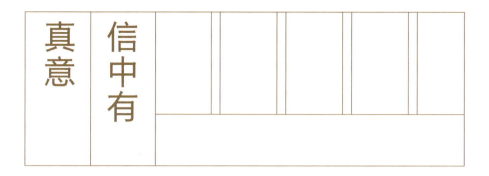

真意 | 信中有

如今河洛之地，人心惶惶。

如果趁此机会兴兵北伐，收复中原，指日可待，真是千载难逢的机会啊!

素闻阁下和我一样，与金军有不共戴天之仇，心怀光复河山之愿。所以请您在陛下面前，支持我的北伐计划。

　　岳飞言辞恳切，非常焦急，因为战争讲究天时、地利、人和，机不可失，时不再来。金军好不容易被打败成这般地步，就差一点儿岳家军就可以北上收复河山，他实在不能错过机会。然而，他却不知道赵构并不想这样。

　　其实，赵构只有在兵临城下的时候才需要岳飞。他要利用岳飞震慑金兵，但并不想岳飞能够真的收复河山。战争的胜利，只不过为了让他在与金兵议和上多点儿筹码。

　　秦桧的主张更合赵构的心意，秦桧向赵构建议，南归南，北归北，划界而治。但是赵构质问了秦桧："朕是北人，将归何处？"秦桧就不能回答。虽然赵构也曾有心支持岳飞抗击金兵，但一定是要在保全他自己的地位和实力的基础上，是有限度的。

　　岳飞如果能够率兵成功收复失地，对赵构来说，有一定顾虑，比如岳家军的威望和强势。岳飞曾经有一次不满赵构的皇命，请求辞官，而后未及批准，就自去庐山为母守孝；还有一次他曾经上书，建议无子的赵构立宋太祖的七世孙赵瑗（后改名玮、炜、昚等）为太子。这些都是令赵构非常不愉快的事，再

加上秦桧等主和派的小人，不断煽风点火，赵构对岳飞就一直心有顾忌，不同意让岳飞一直北伐。

公元 1140 年，金军又一次南下，岳飞挺身而出，领兵北伐。无论朝廷如何对待他，为了中原的百姓和国家，他都要再率军上战场。这才是英雄，他只凭心要做自己必须做的事。

这一次，金兵发动了数十万的大军，岳家军奋勇作战，拼到"人为血人，马为血马"。岳家军使用钩镰枪、连环战术攻破了金兵号称无敌的"铁浮屠"的重型骑兵。从来历史上很少有步兵能胜骑兵，但岳家军创造了奇迹。金军所向无敌的重骑兵被击溃，开封城就在眼前。

开封是北宋的都城，岳飞踌躇满志，给皇帝上书，希望不要错过这个千载难逢的反攻时机。

岳飞的奏折，换来的是一天 12 道班师的诏书。有学者说，这是因为赵构根本不知道岳飞已经将金兵打到了这样的地步，可以直接收复所有的土地，甚至有可能打到金兵老巢。因为当时赵构得到的消息，都是来自秦桧的主和派，他有可能出现了误判。无论如何，赵构没有能够坚定站在进攻的立场是肯定的。在他心里，"收复山河"、让中原百姓不受金兵欺凌的分量远远比不上他的皇位重要，并不想因为战胜金国，而产生对皇位的一点儿点儿风险。为此，他也不惜放弃大好时机。

这是昏庸无能的皇帝选择了一条苟且偷生的路。岳家军连年苦战，无数将士在疆场上出生入死，熬心血、尽白头，竟换来了十二道的班师诏书。谁都想不通。他们是铁血男儿，可没法子，因为军人是要听从命令的。

岳飞已经无路可走，只有退兵。因为赵构在下令让岳飞收兵的同时，还要求其他一同进攻金兵的刘琦、韩世忠等将领所率的大军也要收兵，岳飞如果再进攻，就成了孤军深入。

赵构只能坐而论道，不能临阵带兵，金兵不打到他的眼前，他不会知道岳飞的重要。而这一次岳飞已经将金兵打得胆战心寒，他却觉得岳飞的利用价值已经没有了。只要讲和，就能保着他的皇位和统治权力，至于岳家军付出了多少，并不在他的考虑之内。

"十年之功，废于一旦"，这是《宋史》中岳飞的原话，有多少沉痛！从他24岁入伍从军，再到大小数百战，筹备和征战了十年，攻战复土，终于看到了希望，竟就这样全然放弃了。

岳家军打得金军闻名丧胆，称岳飞为"岳爷爷"，有了"撼泰山易，撼岳家军难"的传言，以至于很多金兵不敢再与岳家军对阵，连他们可能都没想到宋朝的皇帝居然能够让岳家军退兵。

很多看似坚不可摧的堡垒都是从内部瓦解的，那些主和的大臣们并不希望他能打胜，变着法儿地在赵构耳朵边吹风。将士们在前线苦战，后方就不断"挖坑"，这是怎样的冤枉！

岳飞看着那杆在北风中猎猎飞舞的写有"岳"字的岳家军大旗，百感交集。他虽统率岳家军，但从来没有想过使之成为私人武装。南宋的各将兵马，以主将之姓为军名的也有很多，比如韩世忠的"韩家军"、吴璘的"吴家军"等等，为何朝廷就不信任他呢？

使他更为悲痛的是，那些为收复失地而死去的将士，竟就这样白白牺牲

了。当地百姓哭声震野，他们恳求岳家军，不要再次抛弃他们。岳家军的补给不足的时候，老百姓们箪食壶浆以迎他们，这就是民心。百姓们不愿意岳飞离开，可是岳飞没有法子，他只能离开。

岳飞之痛，难以名状。

这就是历史的悲哀。因为他们所保卫的君主并不希望臣子有如此本事，只想利用，又不想他们超过自己。赵构也是听信了秦桧所说的"岳家军一旦得胜，兵力就会扩充到极强，成了'尾大不掉'之患，以后就不好管理"的说法，方不许岳飞进攻收复全部的失地。

一切都是因为君主的专制，让昏君成为一个国家的轴心，那纵然再有无数的岳飞，也逃不过这样的下场。真正的贤才在那样的时代是被压制的，因为并非社会不需要，而是他们的顶头上司不需要。

但是，岳飞并非为了忠义的虚名才抗金，他也不是愚忠，而是为了百姓如此拼搏杀敌。然而，面对十二道金牌，他不能违抗，也无法孤军深入，百般无奈之下，只能洒泪而去，班师回朝。然而，更让他想不到的事情发生了。

一年多之后，岳飞以"莫须有"的罪名被捕入狱。他没有什么罪名，秦桧编都编不出来。岳飞平生不贪财，不好色，史上的名将很多，但是能够清正廉明如岳飞者并无几人，就算是同为南宋的名将吴玠也娶了几房妻妾，岳飞却因早年战乱，原娶的妻子弃他而去，他就续弦一位女子为妻，名为李娃。就算是兵将送财物、女人给他，他也拒不接受。

岳飞提出的"文官不爱财，武官不惜死"，是他一生践行的准则。他与百姓为一家，与士卒同甘苦，从来没有享受的意思。他一生忠孝两全，对朋友尽义，根本找不到一个污点，但是只要皇帝和奸臣想让岳飞死，就可以随便弄个"可能有、也许有"的罪名来诬陷岳飞。这是怎样的世道！岳飞之冤，千古难诉！

　　"天日昭昭，天日昭昭"，岳飞入狱的喊声，他的冤屈，并不是个人的悲剧，而是历史的无情。

寄件人：

岳飞

异时迎还太上皇帝、宁德皇后梓宫，奉邀天眷归国，使宗庙再安，万姓同欢，

陛下高枕无北顾忧，臣之志愿毕矣。然后乞身还田里，此臣夙昔所自许者。

伏惟陛下恕臣狂易，臣无任战汗。取进止。

节选自岳飞《乞出师札子》

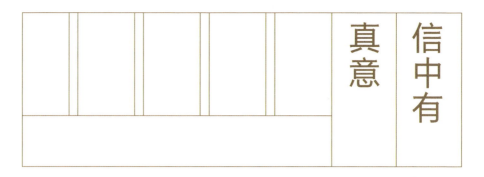

信中有
真意

太上皇夫妇的灵柩归来，被掳去的同胞回乡。祖庙再得安宁，百姓重拾欢乐。

陛下您也可以安枕入眠，再无金军威胁，微臣的志向就实现了。

到那时候，微臣请求解甲归田，回到家乡。

这就是微臣的平生夙愿。

岳飞并非没有所谓的情商，他在这封写于1137年的信中并没有提到迎回被俘的宋钦宗，以免刺痛赵构。但是，他始终不能够得到赵构的信任，是因为他的才华武艺，超越常人的自律，让赵构感觉到了威胁。

赵构可以容忍像秦桧那样广植党羽、贪赃受贿、卖官鬻爵的奸臣，但却容不了忠肝义胆、报国安民的岳飞，因为前者他好控制，能够满足他的欲望，而后者，只能让他觉得不安稳。

岳飞不是不明白这一点，但他也不会后悔做一个英雄。因为如果没有他这样的英雄，国家就没有了脊梁。歪风邪气滚滚而下，无可抵挡，就不会有转机，就没有了浩浩明月、朗朗乾坤。

公元1142年寒冬，以报国为终生己任的英雄，没有在沙场上马革裹尸，而是死于"莫须有"的罪名。

岳飞谥武穆，改为此后的千百年，他成为可歌可泣的英雄们前进的榜样。百姓们为他立庙，而岳王庙中秦桧夫妻永远给他下跪，这是百姓给岳飞的最高评价。

"待从头，收拾旧山河，朝天阙！"

岳飞含冤而死，但其"尽忠报国"的信念长存于世，激励着一代又一代的中国人，在国家需要的时候，挺身而出。

人生自古
谁无死

死亡，对于四十七岁的文天祥来说，并不陌生。

父母、夫人、儿子都离开了他，天人永隔。他为之奉献一生的南宋，也在三年前灭亡。

他成了天地间孤零零的一人。零丁洋上叹伶仃，他有很多种选择，所有人都在等他投降，而他，在等待死亡。

文天祥

前辈云：『兄弟其初，一人之身也。』吾与汝生父俱以科第通显，汝叔亦致簪缨。

使家门无虞，骨肉相保，皆奉先人遗体，以终于牖下，人生之常道也。不幸宋遭

阳九，庙社沦亡。吾以备位将相，义不得不殉国；汝生父与汝叔姑全身以全宗祀。

惟忠惟孝，各行其志矣。

吾二子，长道生，次佛生。佛生失之于乱离，寻闻已矣。道生，汝兄也，以病没

于惠之郡治，汝所见也。呜呼，痛哉！吾在潮阳闻道生之祸，哭于庭，复哭于庙，

即作家书报汝生父，以汝为吾嗣。

……

《礼》：『狐死正邱首。』吾虽死万里之外，岂倾刻而忘南向哉！

节选自文天祥《狱中家书》

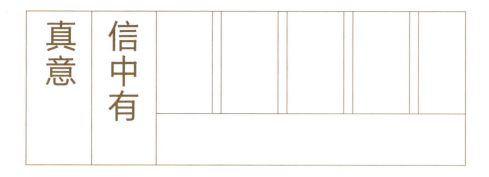

真意 信中有

前人曾说: 亲生弟兄们, 本就是一个人。

我和你的生父, 都是由科举考试而得官的。

如若不出什么意外, 兄弟们理应相互扶持、爱护, 安居而终老, 这是人生的常态。

不幸的是, 家国遭遇灾祸, 宗庙倾覆, 社稷沦丧。

我身居要职, 受朝廷恩惠多年, 理所应当献身。

你的生父和叔父, 选择保全自己, 以延续文氏的血脉。

有的为忠, 有的为孝, 选择不同, 各行其志吧。

我的两个儿子, 大的叫道生, 小的叫佛生。佛生在战乱中走失, 不久后听说死了。道生, 随军病死在惠州州府。

我在潮阳听到道生去世的消息, 痛苦万分。我和你父亲商量, 把你过继来做我的嗣子。

……

《礼记》说, 狐狸死的时候, 一定要把头望向巢穴所在的山丘。

我即使死在千里之外, 也不会有一时一刻忘记家乡。

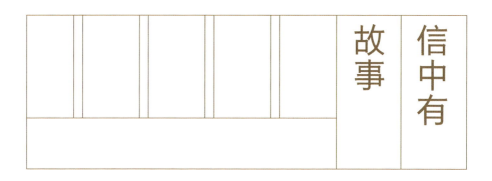

信中有
故事

文氏一门三子，都是人杰。文天祥和两个弟弟文璧、文璋，都有官职。

这封书信的收信人文升，是文天祥二弟文璧的亲生儿子，后来做了文天祥的嗣子。

公元 1256 年，文天祥参加大考。文天祥不仅仪表堂堂，心怀大志，而且他极有才情，文章洗练精准，倜傥中不失睿智，理性而富有温情，对于治国理政又有一套独特的见解。宋理宗看到他的文章兴奋不已，钦点为新科状元。这个年轻人，能给日暮西山的宋廷带来祥瑞吗？

公元 1234 年，北方的元军南下，宋元之间开始了长达 46 年的战争。这一切打破了文天祥的悠然情怀，他更加关注时局，转变了性情，决意为国出谋献策。元兵实力极强，后来甚至一直打到了欧洲。

宋廷不少官员怂恿皇帝迁都南逃，当时还只是基层官员的文天祥，上书皇帝，怒斥奸佞，请求朝廷任用救世之才，力挽狂澜。他从来不知惧怕，深受古代先贤的教诲，有着极强的正义感。

元兵在此前的十几年中，连续灭西辽、西夏、金等国，自然不会相信会在

南宋这个软弱的朝廷处碰钉子，而文天祥就要让他们吃苦头。他提出朝廷要选拔人才，演兵习武，一定要守住首都。如果皇帝都逃跑了，那国家又怎么可能守得住呢？

文天祥没有考虑过他的官职级别问题，而是越级上书，国家危如累卵，要说的话就一定要说，哪怕会受到惩罚。

总是在危难之时，才能看出一个人真实的品性。文天祥并非不懂得趋利避害，他也可以选择不说话，但是，他选择了一条大多数人都不会走的路，就是要迎难而上。没必要让别人懂得，但要对得起自己的内心，这就是他的信念。

中国从来不缺少众星捧月式的赞歌，但缺少针砭时弊的振聋发聩之音。级别是不重要的，办事才是最要紧的，文天祥敢于任事，不顾安危，呈上奏书。他希望皇帝能够振作，能够凝聚国家的意志，与元军决一死战。

寄件人：

文天祥

今天下事势，溃决已甚，一有搓跌，事关存亡。百夫不可轻择将。一垒不可轻界守，况其重者乎！

节选自文天祥《己未上皇帝书》

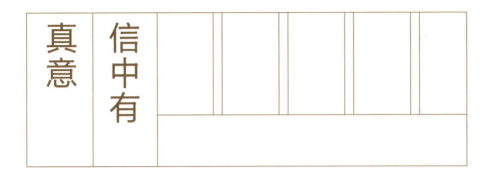

真意 信中有

如今已经到了生死存亡之际，稍有闪失，万劫不复。

百人的军队，都不可轻率择将。再小的城池，也不能所托非人，更何况关乎天下的大事啊！

耿直的文天祥，说出了一个重要的事实：几乎所有朝代末期，都存在用人不当的问题。很多重要的位置，都被一些不知如何爬上来的庸人挤占，当良币被劣币驱除，整个国家的权力就落在一群不作为的无能之辈的手上，这怎么可能治理得好呢？南宋就是如此。当时的选拔官员的机制仅是科举策论，很多人只会耍笔杆子，并无实践成果与经验，甚至连科举考试也存在着走后门的问题，弄得无数贤才苦无门路，只能沉沦。

文天祥说的话，得罪了权贵，很多人又开始排挤他。快 40 岁的时候，他依然不得重用，在赣州做知府。文天祥也没有放弃理想，他想做的事就一定要做到，哪怕小人当道、国是日非，他也没有一天不坚守他的职责、为国家百姓做事。

公元 1275 年，元军长驱直入，抵达临安城下。

宋廷乱作一团，官员纷纷逃窜，很多曾经的权贵及道学家们都消失不见了。他们或卷着金银而去，或趁乱早早避难，朝堂上竟没有几个能够出来匡扶社稷的人。太皇太后谢道清写下一封公开信，痛骂那些临阵脱逃的叛臣：

寄件人：

谢道清

我国家三百年，待士大夫不薄。吾与嗣君遭家多难，尔小大臣不能出一策以救时艰，内则畔官离次，外则委印弃城，避难偷生，尚何人为？亦何以见先帝于地下乎？

节选自谢道清的公开信

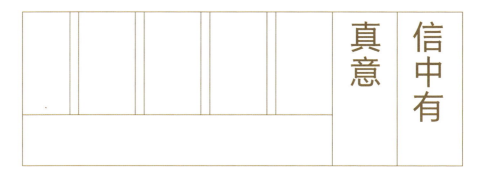

真意

信中有

我大宋立国三百年，对你们这些士人，一直以礼相待。

如今，我和小皇帝蒙难，你们竟然拿不出一个办法来救国。

你们有的弃官离职，有的弃城逃难，这是人干的事儿？

你们又有什么脸面去见九泉之下的先帝？

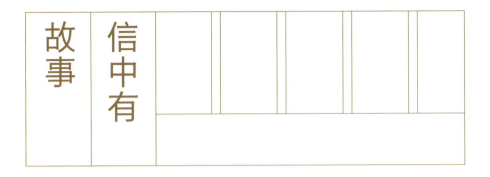

信中有故事

太皇太后谢道清痛骂这些文臣是对的，因为从宋朝立国，就重文轻武，给文官的待遇非常好，涌现一批能臣，可给武将的待遇就差了不少，这也是南宋国势疲弱的重要原因。

安逸的生活，让宋代的文化有了清雅的风格，有一些宋代文人就开始只动笔杆子，空谈误国。他们嘴上说的是程朱理学，实则不务国本，以利为上，蝇营狗苟，不讲道义。他们要虚名，得实利，结党抱团，当元军兵临城下，竟不能献出良策，挽救国家的危难。

文天祥见到宋廷令天下兵马勤王的诏书后泪流满面。他变卖全部家产，充作粮饷军费，几天时间召集到万人。

临危受命，他成为南宋王朝最后的中流砥柱。他带领军民奋力作战。他们和元军在江浙一带血战，几乎全军覆没。由于力量对比太过悬殊，临安城最终陷落。文天祥退守福建、广东一带，继续抵抗。

42岁这年，文天祥失去了最后一个儿子。文天祥为了国家人民奋战，舍了小家，有了大义。二弟文璧将自己的儿子文升，过继给了文天祥。

文璧是哥哥坚实的后盾，他一直驻守在广东惠州。

宋廷投降后，文天祥的抵抗，又坚持了3年。他率领士兵，夯固城池，用最少的兵力抵抗当时几乎最强大的元朝骑兵。这种士气也让元军感觉到奇怪。他们一路进攻，几乎没有遇到几个能够强力反抗的国家。而文天祥以一己之力，让他们看到了国家的精神。

这也足证南宋并非是全面软弱的，这要看君王的意志和人才的运用。文天祥并不是在日渐颓废的环境里随波逐流的人，他有着自己的决心和操守。"英雄是有可能以才学、胆量、见识和力量来转变当时的堕落风气的人，正所谓英雄造时势"。

经历了无数次的战斗，直至公元1278年，43岁的文天祥，终因寡不敌众，在广东海丰的五坡岭被俘。这不是他第一次当元军的俘虏，两年前，他曾去元军大营谈判，却被元军当成俘虏押往大都，途中侥幸逃脱。但这一次他没有那么幸运了。文天祥被活捉的当天，他就吃了随身所带的毒药，却没有死。他决定再找逃生的机会，元军用尽百般酷刑折磨文天祥，企图让他投降，文天祥只有一个字："不"。

元军主将张弘范下令把文天祥押送到潮阳。当张弘范决定带着文天祥赶往崖山的时候，南宋已经到了最后的存亡关头。张弘范希望文天祥投降并说服那些仍在抵抗的人，可是他失算了。

文天祥拒不投降，他更看到崖山之战中，南宋军民顽强抵抗、被元军杀败逼得跳海，丞相陆秀夫背着年仅七岁的小皇帝赵昺跳海自杀的场面，悲痛万分。文天祥的内心非常煎熬，元兵施加在他身上的酷刑，似乎也感觉不到了，他也

想跳海，但是被元兵所阻。

张弘范劝他投降，说既然南宋没了，你就算死了，谁又能记得你呢？文天祥不为所动，他眼看着国家灭亡，却毫无法子施救，已经是痛彻心扉，他要尽忠，绝不投降。

之后张弘范对文天祥更为敬重，听闻这件事的元朝皇帝忽必烈也感叹文天祥的忠义。

百般无奈的元兵，让已经投降的南宋官员向他投来招降书，他都断然回绝。利惑威逼的手段都用尽了，他们没有想过南宋有这样的忠臣良将，文天祥的行为，让他得到了所有人的敬重。

寄件人：	宋朝来信
文天祥	

朝廷养士三百年，无死节者。

⋯⋯

三年不见老母，灯前一夕，自汀移屯至龙岩，间道得与老母相见，即下从先帝游，复何云！

节选自文天祥《正月复劝降书》

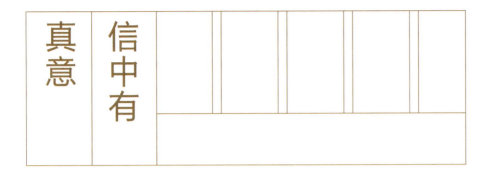

朝廷养育了我们三百多年。危难之际，却没有为它守节而死的人。

……

三年没见到老母亲了。元宵节前夕，我从长汀转战到龙岩，悄悄与老母亲见了一面。此刻可以去见先帝了，再无遗憾。

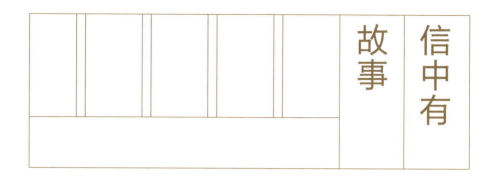

故事　信中有

　　文天祥明白，宋朝善待士大夫，让他们对朝政进行建议，给他们优渥的待遇，并没有对不起这些文臣，可是当宋朝危急存亡之时，竟没有一个文臣帮朝廷，也没有一个文臣为朝廷死节。

　　人有大节，不能失义。文天祥孝顺，他曾见过母亲一面也就没有遗憾，绝不投降。但他更要尽忠，要对得起内心的信念，要做一个正直的人。

　　第二年春天，南宋最后一支军队，与元军大战于崖山。崖山海战之后，南宋彻底灭亡。

　　文天祥被囚禁了4年。元世祖忽必烈钦佩他的忠义，让投降了的南宋小皇帝来劝降，文天祥不从。一些南宋的朝臣甚至开始写文褒奖文天祥的死，他们希望借文天祥的死将他们的文章也留名史册，并非真正敬重文天祥。

　　被俘虏后文天祥曾绝食，但后来没有死成，他又吃饭了。他有着怎样的心理矛盾呢，谁也不知道。也许他也是个普通人，也有过纠结，但是最终因为他的信念更坚定，要让元朝的皇帝来杀他，这样才能让更多人看到他的死之意义，以后坚决与元军抗争，而不是轻生寻死。

死有轻于鸿毛，有重于泰山。文天祥等待死亡，这是他的一种使命，也是他的圆满。

忽必烈亲自来劝降，文天祥也拒绝了。他不需要名利官位，他要的是什么呢？

人们不懂，南宋已经灭亡，文天祥还忠于什么呢？

不忘初心，文天祥忠于自己心中的理想。

灭亡一个国家容易，但灭亡人的意志太难。中国那些永垂不朽的士大夫的气节在于他们并不是愚忠于一朝一姓，而是忠于澄清天下的志向，是文化精神。文天祥以生命让所有人看到中国士大夫的骨气，让他们知道，不论世道怎样坏，总会有一批像他这样的人，在坚定走着自己的路，哪怕会被人误解。

公元1283年1月，正值寒冬，文天祥迎来了期盼已久的死亡。

临刑前，他向着南宋的都城临安方向，行礼跪拜。他跪的是那些舍生取义的勇士，拜的是天地间永存的凛凛正气。

他的死让"天地有正气"，正义，从来不是一句空话，而是行动。

丈夫何处不为家

明朝嘉靖年间，东南沿海倭寇猖獗。

抗倭将领，以戚继光最为后世传颂。

很多人不知道，戚继光的一位前辈，

并非武将出身，却在艰难时刻挺身而

出，谱写出一曲不为人知的英雄之歌。

一腔碧血撼青史，舍身报国不为家，

他就是任环。

汝辈絮絮叨叨，千言万语，只是要我回衙，何风云气少，儿女情多耶！

倭贼流毒，多少百姓不得安宁？尔老子率兵，不能除讨，嚼毡裹革，此其时也。

岂学楚囚对儿辈相泣帏榻耶！

后来事未知如何，幸而承平，则父子享太平之福；不幸而有意外之变，但臣死忠，

妻死节，子死孝，咬定牙关，大家成就一个是而已。

汝母前只可以此言告之，不必多语。儿辈莫晓，人生自有定数，恶滋味也，常

有受用处，苦海中未必不是极乐国也。

读书孝亲，毋贻父母之忧，便是长聚首，亦奚必一堂哉！

出自王应奎《柳南随笔》载任环家书

真意 信中有

我儿啊，你絮絮叨叨，千言万语，却只是请我回苏州养伤。为何如此风云气短，儿女情长？

倭寇流毒，天下多少百姓不得安宁！

为父我如果不能灭尽倭寇，就要像苏武一样卧雪啮毡，同马援一样马革裹尸。

这个时候，你要我躲回苏州，和你们在家中抱头痛哭吗？

往后战事，还不知如何发展。如果将来有幸天下安宁，咱们父子俩可享太平之福。

如果战事恶化，只能是臣死忠，妻死节，子死孝，咬紧牙关，大家都要成全自己。

把我的这些话，也带给你母亲。我心已定，无需多言。

你们哪里懂得，人生自有定数，受难自有用处。苦海中翻腾，未尝不是极乐。

孩子们，你们只要认真读书，孝顺母亲，不让为父担心，我们的心就会永远在一起。

真正的一家人，心在一起，何必非要身在一处啊。

公元 1554 年，正在江苏太仓前线与倭寇作战的任环，收到儿子接连不断的家书。

此时的任环，身受三处重伤，生命垂危。儿子写信给他，请求他回家养伤。

任环并没有犹豫，他希望儿子能理解他的苦心，他不能眼见倭寇猖獗，身临战场而放弃进攻。对他来说，战死沙场，全忠尽义，对得起国家，更不负百姓，也是一种极乐。任环给儿子回了封家书，表达与倭寇死战的决心。

倭寇，是 14 到 16 世纪，侵扰中国及朝鲜沿海的日本海盗集团。倭寇是不断骚扰沿海的群盗，他们成群结队，乘坐战舰战船，勾结汉奸为其引路带道，侵袭富庶繁华的东南沿海一带，成为明朝的心腹之患。

嘉靖年间，倭寇日益猖獗，东南沿海民不聊生。他们烧杀抢劫，掳掠妇女孩童，灾祸殃及数百万人。曾经的鱼米之乡，苏州一带几近废墟，满目疮痍。

嘉靖时期，吏治腐败，当时的明军，武备松弛，并没有应对倭寇之策。当时的苏州知府是尚维持，他来到苏州府后，面对倭寇来袭，他做了不少事，整改吏治，修建城防，但是他虽知兵书，却没有军事实践，对于攻守战略等方面都不太了解，苏州府兵备司及下属各县的军方官员对他并不服从。而这些明军每天耽于享乐，倭寇来犯，他们束手无策，消极避战，百姓惨遭蹂躏。倭寇离境后，军官们又虚报战功以领奖赏。这些人本就是一盘散沙，很难对付，不能指望他们来保家卫国。

这时候，苏州知府尚维持想到了一个人——与他同年考中进士的任环。

任环是山西长治人，25岁中进士，先后做过几个县的父母官，以清廉能干著称。少年时代他曾拜师学武，善击剑又精骑射，这在同时代的文人中很少见。明朝腐败，贤能之士多被排挤，尚维持能够推荐任环，实是难能可贵。

公元1551年，32岁的任环调职苏州，做了知府尚维持的助手。

尚维持知道，任环是个与众不同的书生。他不仅有文化底子，更武艺超群，懂得用兵之法。国家有难，任环临危受命，领兵抗倭。当时的明军，恐倭心理蔓延，畏战情绪严重。

任环大刀阔斧，裁撤不称职的指挥官，淘汰老弱病残。之前尚维持曾经裁掉几名军官，结果造成了军中的动荡。但是，任环并不惧怕发生兵变，他要同时为明王朝输入新的能打仗的血液，他从广西征调士兵1500人，组建了一支以骑军为主的"狼兵"。这些兵士很多都是少数民族，当时会受到不少歧视。但他们保卫家园，擅长作战，能打胜仗。任环广纳这样的人才，训练铁甲雄师。他又在苏州招募步兵6000人，发放火铳和弓弩，严加训练。他用强势手段推进改变，严明军纪，让明军风气大变，不敢再畏敌怯战。

《明史》记载，任环与战士们同寝食，共甘苦。从朝廷得到的赏金，他全部分给士卒，自己不留分文。战士们跟着他风餐露宿，毫无怨言。有了这样的

统帅，谁不效死奋战！有了士气和信心，何愁不能强国强军！

苏州城保卫战之前，任环第一个把姓名写在身上。他告诉自己的属下，战死沙场，是我等本分。写上名字，收尸的人就不会混淆。

所有士兵，都做好了背水一战的准备。世上没有改变不了的歪风邪气，只看是不是彻底想改变。英雄可以影响很多人，只有亲眼看到，体会到任环这样的人如何行事，如何存在，这些已经麻木的明军才会相信这个世界上并非全是浑浑噩噩，还是有光明的。

任环详细研究了倭寇的作战方式，他精心训练了水兵，打造了大小战船，专门对付倭寇。要杀敌报国，在不畏缩后退的同时，也要讲究战术战法，让敌人走投无路。

公元1553年，任环与倭寇在海上展开激战。任环率先杀敌，全军士气因此高涨，血染刀枪，奋不顾身，明军士气如虹，喊杀震天。

倭寇第一次看到这样的明军，简直不敢相信这就是那些畏敌如虎、只知道醇酒美人的明朝兵将，瞬间气馁，纷纷逃窜。

任环带兵继续追击，和倭寇近身搏斗。就是在这场战役中，他身受重伤，性命几乎不保。可他依旧坚持指挥军队作战，绝不后退！

儿子在后方获得消息，求他回家养伤，他便写下了这封信与家人诀别。他告诉儿子不要儿女情长，风云气短，自己不能从战场离开，那样就前功尽弃。他不求别的赞誉，只要做一个对得起自己的人。一生只要成功做好一件事，完成报国的使命，让百姓不再受倭寇的蹂躏，纵死又何妨？

1558年，抗倭作战第六年，任环旧伤发作，英年早逝，年仅40岁。此时，抗倭战斗在中国大地上如火如荼，任环的兄弟和儿子追随戚继光、俞大猷等名将，继续他未竟的事业。他的儿子知道了父亲的苦心，就要继承父志，一定要将倭寇赶出去！

任环生得高大俊朗，有"白面郎君"之称，但比起外表，他更重视的是内在的修养。他的一生是在为了理想而奋斗。他有着铁打的傲骨，是响当当的好汉。

有关他的史料很少，研究他的文章也不多，寥寥几笔，历史就翻过了这样一位英雄的一生，但是谁也不能磨灭他的光辉。

星光纵然一点，人间尽得光明。

一介书生任环，最好地诠释了"大丈夫"的概念。

他的一生，正如他自己在前线写下的诗句："昔年走马阴山道，今日驱兵沧海涯。三尺龙泉书万卷，丈夫何处不为家。"

苟利国家生死以

历史的车轮滚滚向前，时局大势不可逆转，古老的中国没有及时张开眼睛看世界，就面临着战争的风险。公元一八四〇年，鸦片战争爆发。

虎门销烟，是英国人发动战争的借口。

有一个人，身处这场风暴的旋涡，切肤之痛比任何国人都深刻。

寄件人：

林则徐

迨流毒于天下，则为害甚巨，法当从严。若犹泄泄视之，是使数十年后，中原

几无可御敌之兵，且无可以充饷之银。

节选自《林则徐全集》载林则徐上书道光皇帝奏折

真意信中有

一旦鸦片流毒于天下，危害不堪设想，一定要从严治理。

如果再不把它当回事，那么几十年后，我国就再没有御敌打仗的士兵，也没有可充军饷的白银了。

这是林则徐在鸦片战争爆发两年前给道光皇帝的上书。

当时，中国还处于农业社会，经济结构单一，英国商人无法打开中国的市场，为了牟利，他们将本国禁食的鸦片，运到了中国。来自英国的鸦片彻底摧毁了中国人。上至王公贵族，下至平民百姓，就连军队的将士都吸食鸦片。

鸦片之毒，不仅损伤国人的身体，而且耗尽国家的财富，举国之内，满目疮痍，无数人家破人亡。

老百姓恨透了鸦片，称罂粟为"妖花"，骂鸦片走私船是"鬼船"。当时烟馆遍地，甚至有洋人买办来中国广泛种植罂粟。腐败的官吏们束手无策，民生凋敝，很多人卖儿卖女，就为买鸦片吸食，变乱丛生，可是一些官员不敢上报，生怕丢了乌纱帽。

国库亏空，白银疯狂流进英国人的口袋。英国用鸦片敲开中国的大门，用中国的白银拯救他们的经济，让中国人永远跪在鸦片的面前，这就是他们的手段。

有一位清朝的大臣看不下去了，他就是当时担任湖广总督的林则徐。他多

次上书，要求禁绝鸦片。他列出禁烟的具体方案，并在湖广地区开始推行。

道光皇帝任命林则徐为钦差大臣，前往广东禁烟。

英国在全球殖民扩张	英国人来华从事鸦片贸易
晚清照片（吸食鸦片者）	晚清鸦馆盛行
吸鸦片被贵族当作潮流	英国每年输入大量鸦片

林则徐

徐自亥年赴粤，早知身蹈危机。

……

及至羊城，以一纸谕夷，宣布德威，不数日即得其缴烟之禀。禀中既缮汉文，复加夷字，画夷押，慎重如彼，似可谓诚心恭顺矣。

原禀进呈，现存枢省。遂于虎门海口收烟，徐与夷舶连樯相对者再阅月。其时犬羊之性，一有不愿，第以半段枪加我足矣，何以后来猖獗诸状，独不施诸当日？

……

自念祸福死生，早已度外置之。惟逆焰已若燎原，身虽放逐，安能诿诸不闻不见？

徐尝谓剿夷有八字要言：器良、技熟、胆壮、心齐是已。第一要大炮得用，今此

……

一物置之不讲，真令岳、韩束手，奈何，奈何！

节选自林则徐《遣戍伊犁行次兰州致姚春木王冬寿书》

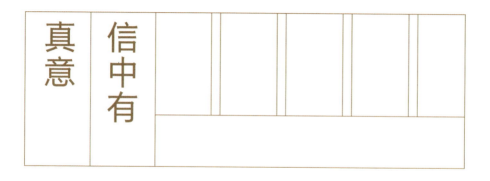

真意 信中有

我自从己亥年奔赴广州，就知道这会是一场艰难的战役。

……

到了广州，我就向洋商发布谕帖，令他们限期上缴鸦片。不出数日，我得到了有关鸦片行情的报告。这些报告中，有中文，也有洋文，有洋人的画押签字，也有洋人的公司印章。如此郑重其事，就好像诚心恭顺的样子。原件已经上呈，现在存放在朝廷那里。

在虎门海口销毁鸦片时，周围停泊的有成千上万条外国商船。如果他们当真怨恨，半段枪就可以置我于死地。现在如此猖獗的他们，为什么在那个时候不动手？可见，鸦片只是借口。

……

如今，个人的生死福祸，早已置之度外。然而国家已被战火漫卷，我身虽放逐，此心怎能不闻不问！

……

我之前就说过，想击败英国人，有八字要诀。那就是，器良、技熟、胆壮、心齐。

……

信中有故事

这是鸦片战争爆发后第二年，林则徐写给两位好友的信。此时的他，正在发配新疆的途中，胸中的愤懑难以抑制。

林则徐所处的时代，西方列强横行，而清朝统治者依旧沉浸在自己编织的天朝美梦里。当时的大英帝国，刚刚完成第一次工业革命，迫切需要海外市场。英国人发现，自给自足的清王朝并不需要他们的商品。为了改变这种贸易逆差，他们干起了走私鸦片的勾当。

林则徐"上筹国计""下恤民生"，施了很多善政，而这一次他知道将遇到他从政生涯里最大的一个难关。

林则徐来到广州禁烟。这里是鸦片流入的重灾区，也是清朝为数不多开放的口岸，烟民遍地，官商勾结，鸦片商人用尽各种手段，抵制禁烟。

林则徐搜罗精通外语的人才，令他们翻译各种英文报刊和书籍。为了解自己的对手，55岁的他，甚至自学英语。他要了解到底有多少人在销卖鸦片，摸清走私鸦片的渠道，将他们一网打尽。

林则徐还召集广东的举人秀才考试，其中有一道题目是各地烟馆的名称、

数量以及老板的名字。通过各种方法，他终于获得了全部鸦片商人的名单。

英国商人拒绝上缴鸦片，林则徐就切断了洋商与外界的来往，一些顽固分子被林则徐驱逐出境。

这让英国人震惊，他们想不到有清朝的官员这样雷厉风行。他绝不容忍一切的拉拢，严正履行禁烟的职责。林则徐用了很多方法，将烟馆关闭，将鸦片清缴，他要以实际的行动，告诉所有的英国人：中国人拒绝这种毒害！

林则徐不计自己的利益，将生死置之度外。缴烟行动历时3个月，没收鸦片数量近两万箱。广州鸦片之泛滥，震惊世人。

1839年6月3日清晨，在距离广州城50公里的虎门，两个50米见方的销烟池直通大海。历时23天，两万箱鸦片，在销烟池中沸腾溶解，最终泻入大海。

虎门销烟，让英国人恼羞成怒，他们以此为借口，发动了蓄谋已久的战争。对于这一点，林则徐早就看出来了，他知道鸦片只是一个借口，英国就是要发动侵略战争。他们的目的是将中国变成他们另一个殖民地。

战争初期，林则徐是前线指挥者。

守卫广州期间，林则徐派人到新加坡等地采购洋炮，组织翻译西方军事书籍，改装中国战舰。

林则徐看到了英军船坚炮利、有很多先进的武器，他忧心如焚。以中国当时的实力，没有工业，所用的武器根本无法与英国相比。当时的中国与英国的工业与科技发展差距太大了，林则徐并非不知道这种可怕的差距会带来怎样的后果，他在家书中也曾提到过这样的情况。

林则徐非常担心，他曾亲自面见道光皇帝述说鸦片的危害，更向清廷疾呼，船炮是海防必需之物，一定要尽早筹划。他相信，当中国拥有一支现代化的水师，就可以和英国人在海上交锋，获得战争的主动权。

　　英军无法攻破林则徐的广东防线，只能驱兵北上，进犯厦门、宁波、天津，紫禁城危在旦夕。当时的清朝军队达不到林则徐所说的"器良、技熟、胆壮、心齐"，没有好的武器装备，也不懂先进的军事科技，而在腐朽无能的朝廷统治之下，缺少应有的训练，更没有士气，抵挡不住英军的进攻。

　　惊慌失措的道光皇帝，派大臣与英国议和。为了平息英国人的愤怒，林则徐被革职查办，发配新疆。

　　林则徐把自己主持编译的《四洲志》交给魏源，嘱托他撰写《海国图志》。《海国图志》是一部震醒国人的著作，将当时的世界格局及各国的地理、人文一一介绍。这是"数千年未有之大变局"，魏源在《海国图志》中提出"师夷长技以制夷"，不能盲目崇古，更要变法。用西方的科技去抵御西方侵略，正是林则徐倡导的。可以说，他是近代中国"开眼看世界"的第一人。

　　在新疆四年，林则徐行程3万里，所到之处兴修水利，造福百姓。为人一世，只求心安理得，让更多的人过得好，不受贫苦，不被伤害，国富民安，为了这样的理想，他一路前行。

　　他宁可承受不公正的处罚，在任何处境下，都不抱怨，尽力去做，用一生践行自己的那句诗："苟利国家生死以，岂因祸福避趋之。"

　　即使饱受磨难，此生不改的是一颗忧国忧民的心。

愿得此身长报国

二〇一八年九月二十四日，辽宁省大连市一带的海域，一艘海底沉船重现人间。

在十七米深的水下，船体一侧木质鎏金的『经远』二字铭牌，向世人昭示，这就是一百多年前，甲午海战中沉没的『经远』号战舰。

甲板上的炮弹残骸告诉世人，真实的战争远比记载中壮烈。

寄件人：

陈京莹

……

但海战只操三成之权，盖日本战舰较多，中国只有北洋数舰可供海战，而南洋及

各省差船，不特无操练，且船如玻璃也。况近年泰西军械，日异月新，愈出愈奇，

灵捷猛烈，巧夺天功（工），不能一试。

……

北洋员弁人等，明知时势，且想马江前车，均战战兢兢，然素受爵禄，莫能退避，

惟备死而已。……

敬禀者，兹接中堂来电，召全军明日下午一点赴高，未知何故。然总存一死而已。

儿幼蒙朝庭（廷）造就，授以守备，今年大阅，又保补用都司，并赏戴花翎，沐

国恩不可谓之不厚矣！兹际国家有事，理应尽忠，此固人臣之本分也，况大丈夫

得死战场幸事而。

父亲大人年将古希（稀），若遭此事，格外悲伤，儿固知之详矣。但尽忠不能尽孝，

忠虽以移孝作忠为辞，而儿不孝之罪，总难逃于天壤矣！

然秀官年虽尚少，久莫能待，而诸弟及泉官年将弱冠，可以立业，以供菽（菽）水也。

伏望勿以儿为念。且家中上和下睦为贵，则免儿忧愁于地下矣！

若叨鸿福，可以得胜，且可侥幸，自当再报喜信。幸此幸此！

节选自陈京莹家书

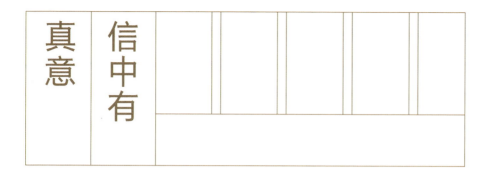

信中有真意

……

如果是海战，中国只有三成胜算。日本的战舰很多，中国只有北洋水师的几艘战舰可以参战。

南洋和各省的官船，不光没有训练，而且船身都跟玻璃一样脆。

况且这几年，敌人的军事装备日新月异，战舰快捷灵活，火力猛烈，我们是打不过的。

……

北洋水师的将士们清楚地知道这些情况，马江海战惨败的前车之鉴就在眼前，大家全都忧心忡忡。

但是，一直拿着朝廷俸禄的我们，没有退路，只有准备战死。

……

我们刚刚收到了李中堂的电报，命令全军明天下午一点开赴朝鲜。没说去干什么，但我已经准备好一死的决心。

我从小承蒙国家培养，沐浴的恩泽不可谓不厚。现在国家有难，理应尽忠，这是本分。况且大丈夫战死沙场，也是人生幸事。

父亲大人年将古稀，如果我死了，您会格外悲伤。这一点我当然想象得到。但尽忠不能尽孝，虽然说尽忠也是在尽孝，但儿子的不孝，仍然是罪责难免。

我的儿子还小，等他长大还要很多年。

好在弟弟们已经长大，可以成家立业、供养父母了。

希望二老不要总是思念我，家中上下以和睦为贵，这样九泉之下我就不用担忧了。

如果撞上大运，我们获胜了，而且我还活着，一定会再给你们写信，报告喜讯。

官兵合影
北洋水师

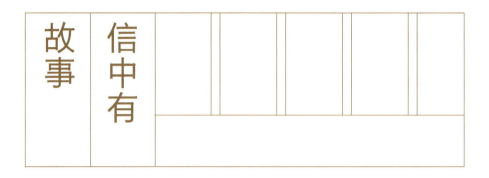

故事信中有

这是公元 1894 年，北洋水师经远号战舰二副陈京莹，写给父亲的家书。此时的清朝已经是风雨飘摇，面对西方列强的侵略，清政府也开始知道要学习西方的工业和科技，洋务派的一些大臣主张开办实业，加强军备建设。

1881 年，直隶总督兼北洋大臣李鸿章，在天津筹建北洋水师学堂。年轻的陈京莹怀着报国之心，考入首届驾驶班。

清政府从西方订购了 4 艘先进的战舰，其中就包括"经远"号。李鸿章派遣四百名海军精锐，远赴欧洲接收战舰，陈京莹就是其中一员。见到西方的海舰先进的性能、强大的战斗力，而中国没有自己造出现代军事装备的实力，只能依赖国外，花费大量银子只能购买少量的战舰，陈京莹这样的学子，明白这种实力的悬殊，不是一朝一夕能够补救的。但为了救国难，他坚定信心，利用所有的机会来学习西方的技术和军事。

1888 年，北洋水师组建，25 岁的陈京莹擢升为经远舰驾驶二副。

鸦片战争以后，日本一直蓄谋入侵中国。1894 年，朝鲜爆发内乱。朝鲜国王求救，清政府决定派兵支援。而日本却想趁此机会占领朝鲜，进而图谋中国。

日本经过明治维新，积极学习西方的技术，改革原有的体制模式，已经迅速强大了起来。日本知道中国的皇帝封建保守，故步自封，他们要试探中国军队的真实能力，就将朝鲜作为问路石。

战争一触即发。

像陈京莹这样的普通军官，是当时为数不多的清醒人。他知道中国像样的军舰数量太少，南方的海军没有经过训练，海船的质量更是不过关。中国已经没有能力组建可以抗衡日本军队的海军。

清政府意识不到潜藏的危机，依旧沉迷于奢靡享乐。

慈禧太后为庆祝六十岁寿辰，不惜重金修建颐和园。经费不足的时候，她甚至挪用了海军军费。她主张"攘外必先安内"，打击太平天国。而当太平天国平定之后，她对西方的军事并没有多少了解，更注重的是自己的权位和享受。

局促的经费，使北洋战舰只能使用劣质燃料，也无力采购西洋军械。本就兵器不足、技术落后，这样的财政支持，使得北洋水师更落入困境。

陈京莹明白这场是恶战，胜率不大，他在信中对家事已交代清楚，相当于绝笔遗言。他已经做好了一切准备，就是要与敌人血战到底。哪怕粉身碎骨，都不让日军在中国的海疆上横行霸道，要让他们知道中国人的斗争精神，是不可撼动的！

公元 1894 年 7 月 25 日，甲午战争爆发。

9 月 17 日，中午 12 时 50 分，在鸭绿江口的大东沟海域，北洋水师主力与日本舰队狭路相逢，正面对决。

北洋水师的官兵没有后退，他们知道自己与敌人的力量相差太大，但每一

经远号战舰

个人都没有退缩。出于保家卫国的责任，他们义无反顾投入了战斗，陈京莹这样的普通军官奋勇向前，即使捐躯沙场、马革裹尸，也要打出中国人的志气！

下午 3 点 10 分，北洋旗舰"定远"号被击中。危急时刻，"致远"号管带邓世昌升起旗舰旗，接替了指挥权。邓世昌不断调整海舰的位置，即使用最劣质的炮弹也要打沉日军的军舰。

气急败坏的日军炮火向"致远"号集中发射。

20 分钟后，"致远"号沉没，邓世昌和舰上数百名官兵壮烈殉国。他们没有一个人投降或是逃生，他们绝不做亡国奴。

清军中有混日子的奸猾之流不假，但也有许多铁铮铮的男儿！顽强的斗志让他们死死咬住日军的海舰，纵然血染沧海，也要守土护疆。

下午 3 点 30 分，北洋水师只剩下寥寥几艘还在战斗，大多数战舰因受创退出了战列，返回浅水区自救。

受创的"经远"号本可以返航自救，但是它没有离开，而是选择了继续战斗。

"经远"号凭一己之力，奋勇拦截日本的主力战舰"吉野"号。

下午4点48分，已经服役七年的"经远"号和刚刚投入使用的"吉野"号正面相遇。

这是一场实力悬殊的对决。"吉野"号每分钟可以发射102发炮弹，而"经远"号最多只能还击4发。

就算是这样，"经远"号的将士也集中了所有的力量，与日军较量，哪怕是同归于尽！

他们要为其他的海舰争取自救的时间，他们要让中国的百姓安安稳稳过日子，忠心报国，哪怕是打到流尽最后一滴血。

17分钟后，3艘日本战舰又上前围攻。4艘日军战舰的炮弹，全部瞄准了"经远"号。

日军的炮弹如暴风雨一般，倾泻到"经远"号上。

管带林永升被弹片击中，阵亡。

大副陈荣接替指挥，阵亡。

二副陈京莹接过了指挥权。他的想法只有一个：打下去！

日军不断示意"经远"号投降，但没有一个官兵放弃战斗！他们守护的是祖国的海疆，是中国！

不能让敌人前进半步，就算死也要让他们知道中国人是不好惹的！

如果他们想打，那就陪他们打到底！日军从来没有想过用这样的劣质炮

弹、低劣的战舰，没有充足的补给，这些清朝将士居然坚持这么久，他们是这样的顽强，毫无畏惧。

下午 5 点 30 分，"经远"号舰身沉没，200 多名官兵壮烈殉国。

陈京莹牺牲的时候，32 岁。"大丈夫得死战场幸事"，"经远"号所有的将士和士兵都是真正的大丈夫，他们昂首阔步，在滚滚海浪、恶浊波涛之巅，挺立身躯，让日军看到什么才是真正的中国军人!

"经远"号的奋不顾身，争取了宝贵的时间。下午 5 点 45 分，返修的北洋战舰重回战场。日军意识到不可能全歼北洋水师，退出战斗。

"经远"号的勇猛震慑了敌人，一位日本军官在日志中这样写道: 他们始终没有升起降旗，一直奋战，死而后已，当可瞑目海底。

他们的精神如星河般飞光流彩，万古长明，薪火相传，这就是中国的军魂!

图书在版编目（CIP）数据

书简阅中国 /《书简阅中国》节目组编 . —广州：
广东人民出版社 , 2024.6
ISBN 978-7-218-15575-3

Ⅰ. ①书… Ⅱ . ①书… Ⅲ. ①历史故事—作品集—中
国—当代 Ⅳ . ① I247.81

中国版本图书馆 CIP 数据核字（2021）第 271826 号

SHUJIAN YUE ZHONGGUO

书简阅中国

《书简阅中国》节目组 编

出 版 人：肖风华

责任编辑：李力夫
责任技编：吴彦斌
特约编辑：王 丹 吕慧明
装帧设计：赵月林

出版发行：广东人民出版社
地 址：广东省广州市越秀区大沙头四马路 10 号（邮政编码：510199）
电 话：（020）85716809（总编室）
传 真：（020）83289585
网 址：http://www.gdpph.com
印 刷：广东鹏腾宇文化创新有限公司
开 本：710mm×1000mm 1/16
印 张：24.25 字 数：258 千
版 次：2024 年 6 月第 1 版
印 次：2024 年 6 月第 1 次印刷
定 价：68.00 元

如发现印装质量问题，影响阅读，请与出版社（020-85716849）联系调换。
售书热线：（020）87716172